노견은 영원히 산다

OLD DOGS are the best dogs

노견은 영원히 산다

OLD DOGS are the best dogs

얼마나 많은 개와 얼마나 많은 사람이

얼마나 긴 세월 동안 서로 사랑했을까?

책에 나오지는 않지만 우리에게 자신의 반려견을 찍을 수 있도록

허락해 준 많은 분들에게 고마운 마음을 전한다.

유감스럽게도 누락된 아이들은 1,294쪽에 달하는

방대한 분량의 책을 만들기를 망설였던 출판사 탓이라고 우겨 본다.

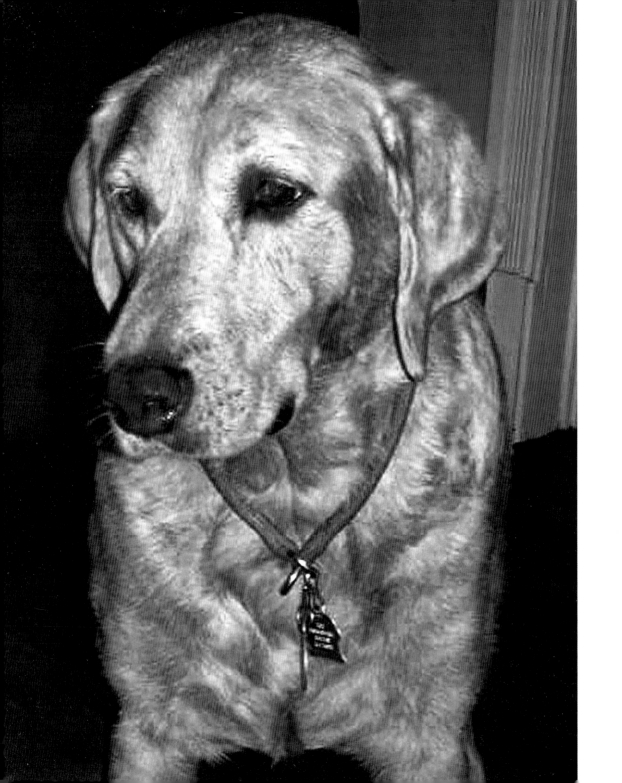

얼마나 많은 개와 얼마나 많은 사람이
얼마나 긴 세월 동안 서로 사랑했을까?

어린 시절 해리와 함께하는 산책은 마치 개썰매 경주 같았다. 해리는 나를 정신없이 당겨댔다. 사방팔방으로 미친 듯이 내달리는 광란의 분위기에서 나는 줄을 놓치지 않고 따라가느라 등이 활처럼 꺾이고는 했다. 그 시절의 산책은 생동감 넘치는 고고학적 탐험이기도 했다. 수많은 풀, 나무, 소화전 따위에 남겨진 이웃 개들의 소변 냄새를 킁킁 맡으며 해리는 그들의 비밀을 발견해 내기도 했을 테니까.

하지만 노년기가 되자 산책은 단순한 배설 과정으로 바뀌었다. 녀석은 고개를 축 늘어뜨린 채 느릿느릿 걸었고, 산책이 끝날 즈음에는 지친 발을 이끌고 집으로 향했다. 계단을 더 이상 오를 수 없는 해리가 문 앞에서 멈춰 서면 번쩍 들어서 거실로 옮겼다. 그러면 해리는 자기의 낡은 침대에 힘겹게 올랐다.

하지만 해리가 떠나기 얼마 전의 산책은 달랐다. 당시 해리는 열세 살이었다. 대형견으로는 나이가 꽤 많은 편이었다. 산책을 하면서 해리는 주변 환경을 의식하지 못하는 것 같았다. 한 발 앞에 한 발, 그 앞에 또 한 발 교대로 내딛는 것조차 힘들어 보였다. 그런데 해리가 작은 공원 주변을 걷다가 멈춰 서더니 무언가를 바라보았다. 해리의 시선을 따라가 보니 한 남자가 원반을 던지며 개와 프리스비 놀이를 하고 있었다. 몸집이 해리만 한 개는 해리가 한때 그랬던 것처럼 날아가는 원반을 능숙하게 쫓았고, 해리가 한때 그랬던 것처럼 원반의 상하 움직임과 회전, 기울어짐을 지켜보면서 원반이 날아가는 방향을 예측한 후, 역시 해리가 한때 그랬던 것처럼 더없이 행복한 표정으로 날아올라 원반을 낚아챘다.

그때 예상치 못한 일이 벌어졌다. 해리가 가만히 앉더니 10여 분 동안 남자와 개가 던지고 받고, 또 던지고 받는 모습을 지켜보았다. 녀석의 얼굴이 만족감에 차올랐고, 두 눈은 빛났으며, 두 귀는 쫑긋 세워졌고, 꼬리는 씰룩거렸다. 집으로 돌아가는 우리 둘의 발걸음은 의기양양 그 자체였다.

＊＊＊＊＊

몇 해 전 《워싱턴포스트》는 독자들을 대상으로 '내가 해야 할 일 리스트to-do list'를 주제로 유머 경연 대회를 열었는데 1등 수상자의 글은 이것이었다.

'나의 개에게 존중과 존경을 받자.'

개를 사랑하는 것은 대단한 일이 아니다. 그저 개에게 맡기면 그만이다. 그러면 버터 바르는 칼처럼 둔한 사람도 금세 개의 마음을 사로잡을 수 있다. 그러니 대량학살을 저지르는 미치광이도 사랑을 받지. 히틀러도 자신의 개를 사랑했고, 개도 히틀러를 사랑했다.

개는 꼬리를 흔든다. 인간과 개의 의사소통에서 가장 기본적인 신호다. 개가 사람과 함께 있어서 기쁘다고 말하는 그들만의 방식이다. 그 말은 거짓일 리가 없다. 개의 마음과 꼬리는 강하게 연결되어 있으며, 꼬리를 흔드는 목적은 오로지 인간을 기쁘게 하기 위함이다. 개의 꼬리 흔들기는 긴 세월을 지나 결국 살아남았다. 얼마나 많은 개와 얼마나 많은 사람이 얼마나 긴 세월 동안 서로 사랑했을까?

개는 나이가 들면서 변하는데, 단언컨대 좋은 방향으로의 변화다. 강아지는 비할 데 없이 사랑스럽고 보는 것만으로도 행복하다. 무엇보다 그들에게서는 '틀림없이' 강아지 냄새가 난다. 그러다가 나이가 들면서 인간의 마음을 더욱더 끌어당기는 행동을 하기 시작한다. 말썽이란 걸 잊게 되고, 기꺼이 기쁨을 주려 노력하며, 행복을 전염시키고, 무조건적인 사랑을 퍼붓는다. 개는 노년기에 접어들어서야 비로소 사랑스러움이 무르익으면서 확대된다.

물론 나이가 들면 눈이 침침해지고, 불평이 많아지며, 주둥이 부분이 회색으로 변하고, 걸음걸이가 품위 없어지며, 별난 습관이 생기고, 잘 듣지 못하며, 뾰루지가 생기고, 쌕쌕거리며, 게을러지고, 여기저기 혹이 생긴다. 그러나 오래 함께한 인간에게 이런 것들은 전혀 중요하지 않다. 나이 든 개는 정서적·정신적으로 허약해지지만 인간에게 넘치는 감사와 끝없는 신뢰를 보인다. 기교를 부릴 줄 모르고, 새롭고 예상치 못한 방식으로 즐거워한다. 무엇보다 평화롭다. 평화롭다는 게 말로 설명하기 힘들지만, 평온 또는 지혜라고도 할 수 있다.

카프카는 삶의 의미는 끝나는 데 있다고 썼다. 좋든 싫든 우리의 삶은, 모든 것이 유한하다는 사실을 깨닫는 실존주의적 공포로 인해 형성되고 변화한다. 이러한 불안은 시와 문학, 건축물, 전쟁, 그리고 우리가 그 모든 것을 사랑하고 미워하며 창조하는 방식에 영향을 미친다.

물론 카프카는 인간에 대해 말한 것이다. 동물 중에서 오직 인간만이 시간의 흐름과 근엄한 죽음의 진실을 이해하고 자기를 인식한다고 알려져 있으니까. 그렇다면 그때 해리가 공원에서 한 행동은 어떻게 설명하면 좋을까? 죽음을 코앞에 둔 시기에 늙은 개가 회색으로 변한 털과 절뚝거리는 다리를 이끌며 무언가를 기억하고 느끼며 기뻐했던, 아쉬움과 향수로 불릴 수밖에 없는 그 순간을.

나는 지금까지 여덟 마리의 개와 함께 살았다. 그중 여섯 마리는 우아하고 품위 있게 늙고 쇠약해졌으며 납득할 만한 이유로 죽었다. 나이 든 개들은 친구의 죽음을 슬퍼했다. 나는 개가 나이가 들면 죽음의 불가피성까지는 아니더라도 시간의 경과, 즉 자신들이 노쇠해질 수밖에 없다는 사실을 이해한다고 믿게 되었다. 그들은 지나간 것은 사라진다는 사실을 이해했다.

개에게는 두려움, 부당하다는 느낌, 권리 의식이 없다. 인간처럼 스스로를 비극의 주인공으로 만들고, 세월의 인정사정없는 맹공격에 맞서 싸우지도 않는다. 나이 든 개는 인간처럼 자기 삶을 신화로 만드는 뻔뻔함도 보이지 않는다. 그래서 우리는 그들을 사랑할 수밖에 없다.

펫숍에서 우리는 다른 두 마리 강아지 대신에 해리를 선택했다. 강아지 세 마리를 바닥에 풀어놓았는데 그중 해리가 우리 아이들과 가장 많이 치고받으면서 상처까지 냈기 때문이다. 우리 가족은 혈기 왕성한 강아지를 원했고, 당연히 해리였다.

해리는 어린 아들과 똑같이 황소고집이었다. 힘이 센 아들과 더 센 강아지 사이의 기 싸움을 지켜보는 일은 매우 흥미로웠다. 어느 쪽도 한 발짝 물러섬이 없었고, 이는 곧 아들이 수많은 날을 엉덩이를 바닥에 댄 채 해리에게 질질 끌려 다녔음을 의미한다.

알고 보니 해리는 캔자스에 있는 강아지 공장에서 태어났고, 펫숍에서는 노란색 래브라도리트리버라고 했지만 혈통이 의심스러웠다. 엄밀히 따져서 입 냄새 제거용 사탕도 '음식'이라고 할 수 있다면 해리도 래브라도라고 할 수는 있을 것이다. 캐나다 황야에서 오리 사냥을 하는 우아한 래브라도보다는 들판에서 말라빠진 닭튀김 조각을 찾아 헤매는 래브라도라고나 할까. 해리는 누런 서류 봉투와 같은 털색과 구운 감자와 같은 모습의 래브라도였다.

녀석의 정식 이름은 해리 S. 트루먼*Harry S. Truman*. 녀석은 겸손한 리더십으로 유명한 트루먼 대통령만큼 겸손했다. 해리는 종종 이상한 행동을 했는데, 벽 콘센트에서 컴퓨터까지 이어진 전선 앞에만 가면 걸음을 멈추고는 더 이상 앞으로 나아가지 못했다. 해리에게 전선은 히말라야 산맥처럼 통과할 수 없는 것이었을까. 해리는 전선 앞에 멈춰 서서는 누군가가 치워 주기만을 기다리곤 했다.

그리고 해리는 바람을 전선만큼이나 무서워했다.

해리는 지금까지 함께 살아온 반려견 중에서 가장 똑똑한 개는 아니었지만, 그렇다고 가장 멍청한 개도 아니었다. 사랑스러운 암컷 콜리 오기도 마찬가지였다. 오기는 아장아장 걷는 딸을 무척 좋아했으며 딸이 노는 모습을 기쁜 마음으로 지켜보았다. 딸이 마당에서 그네를 타면 그네가 왔다갔다할 때마다 딸의 신발이 오기의 얼굴을 치고 지나가도 오기는 예의 그 기쁜 얼굴로 자리를 지켰다.

어느 날 아내가 마트 밖에 있는 커다란 철제 쓰레기통에 오기를 묶어둔 채 볼 일을 보고 나왔는데 오기가 사라지고 없었다. 오기를 찾아나선 아내는 배꼽을 잡고 웃는 한무리를 발견했다. 사람들이 뭘 보고 웃나 시선을 따라가 봤더니 거기 오기가 있었다. 오기는 우당탕탕 요란한 소리를 내며 쫓아오는 쓰레기통 괴물 앞에서 필사적으로 도망치고 있었다. 쓰레기통은 오기가 지쳐 쓰러지고 나서야 겨우 멈췄다. 오기는 똑똑한 것과는 거리가 멀었지만 13년을 행복하게 살았다.

오기에 비하면 해리는 똑똑했다. 눈치가 빠르지는 않았지만 어느 날 나는 녀석이 물리학의 기본 원리를 이해하는 광경을 목격했다. 그날 해리는 마당에서 19리터짜리 용량의 커다란 원통형 물통을 가지고 놀고 있었다. 그런데 놀다가 어느 순간 물통이 언덕 아래로 굴러 내려갔는데 그 광경이 해리에게 놀라움과 즐거움을 안겨 준 모양이었다. 해리는 물통을 물고 와서 원래 있던 자리에 놓고는 물통이 다시 굴러 내려가게 하려고 애를 썼다. 하지만 물통은 내려가지 않았다. 해리는 코로 물통의 여기저기를 살짝살짝 미는 행동을 반복하더니 마침내 물통의 몸통이 언덕의 경사와 직각이 돼야 물통이 굴러간다는 사실을 알게 됐다. 그 순간 나는 해리의 얼굴에서 깨달음의 환희를 보았다. 아르키메데스가 욕조에서 경험했던, 헬렌 켈러가 수도꼭지의 물을 통해 경험했던 바로 그 깨달음의 환희를!

그것은 아마도 해리가 살면서 이룬 유일한 지적 성취였을 것이다. 깨달음이 있고 난 후 해리는 자신의 발견에 도취돼 물통을 물어 와서 굴려 내려 보내고 다시 물어 오는 무미건조한 행동을 장장 두 시간이나 반복했다. 놀라운 지적 성취에 이은 조금 허무한 결말이지만 그날 해리는 캄캄해진 뒤에야 행복하게 집으로 들어왔다.

개의 지능을 인간의 시각으로 평가하는 것은 바보 같은 짓이다. 개의 지능에 인간의 논리를 적용하는 것은 지독한 인간 우월주의 아닌가. 이거야말로 인간의 지독한 어리석음이다.

예를 들어서 편지가 배달되는 시간이면 해리는 이빨을 드러낸 채 으르렁거리면서 현관으로 달려간다. 그러고는 대문 밖 존재를 위협하듯 우편물 구멍으로 이빨을 집어넣어 우편물을 홱 낚아채서 가지고 들어왔다. 해리의 이런 행동은 의미 없는 에너지 소비고, 영원히 교정하기 힘든 문제행동으로 보인다.

그러나 해리의 논리로 보면 달라진다. 녀석은 13년 동안 약 4만 회에 걸쳐 우리 집에 들어오려는 낯선 사람과 맞닥뜨렸다. 그때마다 해리의 이런 성실성 덕분에 어쩌면 악당일 가능성이 있는 사람을 쫓아냈을지도 모른다. 이렇게 생각하면 해리의 행동을 이해하지 못하고 감탄하지 못할 이유가 없다.

나는 해리가 노견이 되는 순간을 정확히 알고 있다. 녀석이 아홉 살 되던 해인 2001년 7월 21일 저녁 10시 15분.

그날 우리 가족은 교외를 떠나 도시로 이사했다. 이사는 예상보다 훨씬 오래 걸렸다. 해리는 자기 침대 이외에 아무것도 없는 으스스한 텅 빈 집에 여덟 시간 동안 홀로 남겨졌다. 변명의 여지가 없는 인간의 잘못이었다. 한밤중에 자신을 데리러 온 나를 보고 해리는 책망하듯 짖지 않았다. 앙심을 품고 집을 엉망으로 만들어 놓지도 않았다. 해리는 잔뜩 겁을 먹었고, 마음의 상처를 입었다. 해리는 내게 처음 보는 상냥함을 보였고, 애정을 갈구했으며, 고마워했다. 그날 해리는 무언가를 잃고, 무언가를 얻었다. 녀석은 노년기에 들어섰다.

*****

전쟁이나 재해로 많은 사람이 다치고 죽을 때 큰 연민을 느끼지 못했던 사람도 동물학대에 분노하고, 반려견의 죽음에는 슬픔을 가누지 못하기도 한다. 이를 이해할 수 없다거나 혐오스럽다고 말하는 사람은 아마 반려동물과 살아보지 못한 사람일 것이다. 그들은 반려견, 특히 오랜 세월을 함께한 반려견이 어느 정도까지 우리 삶의 일부가 되는지 이해하지 못한다.

여러 반려견과 오래 함께 살았던 나는 그 마음이 어떤 것인지 안다. 그게 자랑스러운 건 아니지만 그렇다고 수치스럽지도 않다. 모르는 사람들의 죽음에는 감정 이입을 하지 못하지만 나와 함께 오래도록 살아 내 삶이 된 반려견의 죽음은 곧 내 삶 일부의 상실이다.

반려인은 반려견을 통해 자신을 들여다본다. 개는 아주 복잡한 감정뿐 아니라 인간이 가진 감정을 모두 가지고 있다. 그래서 개에게는 질투, 연민, 자부심, 슬픔 등의 감정이 없다고 믿는 사람들은 개와 함께 살기 어렵다. 개는 인간처럼 위장 능력이 없다. 감정을 있는 그대로 드러내기 때문에 그들을 지켜보면서 우리는 허세와 가식이 벗겨진, 있는 그대로의 자신과 만나게 된다. 그들의 천진난만함은 엄청난 매력이다.

강아지가 노견이 될 때까지, 반려견이 나이 먹는 것을 지켜보는 일은 자신의 삶의 축소판을 지켜보는 일과 같다. 개는 나이가 들면서 점점 쇠약해지고, 변덕스러워지며, 상처받기 쉬워진다. 우리 할머니, 할아버지가 그랬던 것처럼. 그리고 우리도 언젠가 분명히 맞이하게 될, 그날은 온다. 우리가 그들을 위해 슬퍼함은 곧 우리 자신을 위한 슬픔이다.

삶의 의미는 그것이 끝나는 데 있다.

*****

해리의 노화는 이사를 한 후 시작됐다. 녀석은 대부분의 개가 나이를 먹는 방식대로 그렇게 늙어 갔다. 주둥이 부분이 희게 변하기 시작했고, 흰 부분이 천천히 뒤로 번지더니 머리 전체를 덮었다. 분홍색 코와 흰머리, 황갈색 양 옆구리 덕분에 뭉툭한 성냥처럼 보였고, 앉아 있는 시간이 길어지면서 몸통도 조금 두꺼워졌다.

언젠가 아시아의 개식용에 대해 다룬 기사에서 개 사육장 주인이 자신은 반려견이 아닌 오직 '누런 잡종개'만 키워서 잡는다고 말하던 게 기억났다. 평소와 다름없이 곤히 잠든 누런 잡종개 해리를 내려다보며 그가 말한 '고기'라는 단어가 머릿속에서 떠나지 않았다.

비웃을지 모르지만 해리의 육체적 쇠퇴는 내게 영적 깨달음을 가져다주었다.

개는 인간의 감정과 행동을 예견하고 이해할 수 있는 대단한 선천적 능력을 지녔다. 개는 살아남기 위해 인간과의 동맹이 필요했으니까. 젊은 시절의 해리는 공감에는 특별한 재능을 드러내지 않았는데 나이가 들어 흥미의 폭이 줄고 세계가 축소되면서 인간을 더 친근하게 바라보기 시작했다.

아내는 변호사면서 연기도 한다. 어느 날 아내는 오디션 준비를 하고 있었다. 마샤 노먼의 2인극 〈잘 자요 엄마Night, Mother〉에 나오는 대사로, 나약하고 우유부단한 중년의 가정주부인 델마가 딸의 자살을 막기 위해 대화를 시도하는 장면이었다. 엄마로서의 부족함과 홀로 남게 되는 끔찍한 공포에 대한 독백인데 대사가 대단히 고통스러웠다.

그런데 대사를 연습하던 아내가 갑자기 중간에 뚝 멈췄다. 해리의 상태가 정상으로 보이지 않았기 때문이다. 해리는 아내가 하는 말의 내용을 전혀 이해하지 못했지만 그녀의 크나큰 슬픔을 알아챈 것 같았다. 해리는 낑낑대면서 앞발로 아내의 다리를 긁고, 손을 핥으면서 아내를 슬픔에서 구하기 위해 안간힘을 쓰고 있었다. 연민을 느끼는 데 지능은 전혀 필요치 않다.

어린 시절의 해리는 강아지들이 그렇듯 매우 적극적으로 애정을 갈구했다. 쏜살같이 달려와서는 턱을 쓰다듬거나 토닥거려 달라고 보챘다. 그러나 최근 몇 년 동안은 내가 '노견의 포옹'이라고 부르는 행동에 더 심취했다. 나이가 든 해리는 가족이 알아봐 줄 때까지 땅에 붙인 엉덩이를 아양 떨 듯 끊임없이 씰룩대며 들이밀었다. 그 행동이 도대체 무엇을 의미하는지는 모르겠지만 나는 녀석의 그러한 행동을 사랑하게 됐다.

해리는 평생 폭풍우를 지독히 무서워했다. 하지만 자연이 선사한 자비 덕분에 나이가 들고 청력이 약해지자 공포도 자연스레 사라졌다. 그렇게 해리는 나이가 들면서 차분해져 갔다.

산책할 때도 볼일을 보기 위해 이리저리 돌아다니거나 제자리에서 빙빙 도는 행동을 하지 않았다. 마치 말처럼 터벅터벅 걸으면서 볼일을 봤다. 물론 뒤처리는 여전히 내 몫이다. 때로 복잡한 거리 건널목에서 차가 쌩 하고 지나가면 철퍼덕 주저앉아 귀를 긁으며 꼼짝도 하지 않곤 했다. 또 때로는 걷다가 자기가 어디에 있는지, 왜 그곳에 있는지 망각한 듯 갑자기 서서 가만히 있기도 했다. 그러면 지나가던 사람들이 재미있어 하며 해리를 쳐다보곤 했다. 나는 해리 옆에 쭈그리고 앉아 이렇게 말했다.

"해리, 우리는 산책 중이야. 지금은 집으로 돌아가는 중이고. 집은 이쪽이야. 알겠어?"

평생 이어온 산책을 습관처럼 하는 동안 해리는 지나치는 광경에 관심을 두지 않고 무시했다. 하지만 해리가 사랑했던 동네 친구 허니만은 예외였다. 허니는 가슴이 떡 벌어진 암컷 핏불테리어다. 해리는 허니가 다가오면 관심을 보였다. 나이가 들면서 다른 개들에게는 전혀 관심을 보이지 않던 해리의 그런 행동은 정말 놀라웠다. 해리는 중성화수술을 했고, 젊을 때는 주로 수컷에게만 관심을 보였기 때문이다.

산책 중에 허니를 만나면 해리는 기운을 되찾았다. 허니는 해리보다 다섯 살쯤 어렸고 훨씬 혈기 왕성했으며, 허니도 해리를 좋아해서 해리가 가까이 다가가면 발걸음을 늦췄다. 둘은 별다른 소통은 없었지만 서로의 동행에 만족해하면서 몇 블록을 어기적거리며 함께 걸었다. 그런 해리를 보고 있자니 인생의 끄트머리에 아내와 함께 숄을 무릎에 덮고 벤치용 그네에 앉아 여생을 보내는 노년의 남자 같았다. 나는 해리의 마지막 날들을 달콤하게 만들어 준 허니에게 영원히 감사할 것이다. 이 책의 첫 번째 주인공 허니가 바로 해리의 여자 친구다.

나는 거의 집에서 일한다. 이 말은 평일이면 노견 해리와 내가 빈 집을 공유한다는 의미다. 해리 녀석은 주로 잠을 잤고, 나는 주로 글을 썼다. 글을 쓰다가 잠시 집 안을 서성댈 때면 바닥에 엎드려 있는 녀석과 맞닥뜨리곤 했다. 나는 항상 "어이, 해리."라고 불렀고, 해리는 항상 몸은 전혀 움직이지 않은 채 꼬리로 바닥을 한 번 툭 치는 것으로 대답을 대신했다.

해리가 눈을 감고 더 이상 꼬리로 바닥을 내리치지 않을 때, 나는 비로소 해리의 딱 한 번의 꼬리 인사가 얼마나 소중한지 깨달았다.

*****

그날 밤 새벽 세 시 즈음, 연기 감지기에서 갑자기 삐 소리가 났다. 짜증을 유발하는 그 소리는 건전지를 교환할 시기가 됐을 때 나는 소리다. 그 소리가 인간에게는 신경을 건드리는 정도였지만, 해리에게는 세상의 종말처럼 느껴진 모양이었다. 이리저리 서성대며 숨을 헐떡이기 시작했고, 침대 밑으로 숨기 위해 계단을 기어오르려 안간힘을 쓰고 있었다.

류머티즘으로 다리가 휜 녀석이 계단에서 떨어지면 큰일이었다. 나는 사다리를 기어 올라가 연기 감지기의 전원을 차단했고, 아내는 해리를 진정시켰다. 두 시간 정도가 지나서야 해리는 반쯤 정신을 차렸고, 지친 아내는 녀석의 옆에서 잠이 들었다. 그것이 해리의 마지막 몸부림이었다. 다음 날 아침 녀석은 더 이상 스스로 일어서지 못했다.

해리가 떠나던 날, 딸 몰리는 해리를 껴안고 해리가 얼마나 착한 아이였는지 속삭였다. 몰리는 인생의 반 이상을 해리와 살았고, 사랑했으며, 해리는 딸의 인생에 중대한 영향을 끼쳤다. 해리가 떠난 다음 날, 몰리는 수의과 대학에서의 첫날을 맞이하기 위해 집을 떠났다.

해리는 자신이 떠날 때를 알고 있었다. 병원 침대에 누워 있는 해리에게 의사가 안락사를 위해 다가가자 해리는 머리를 들어 우리에게 작별 키스를 했다.

허니 Honey, 10

샤나는 심각한 얼굴로 열여섯 살 먹은 아들에게 신신당부를 했다. 최근 남편과 사별해서 집에 남자라곤 아들밖에 없었으니 아들에게 의지할 수밖에 없었다.

핏불테리어. 이 무시무시한 견종의 떠돌이 개를 집에 데리고 들어온 건 아들이었다. 샤나는 핏불테리어의 악명을 익히 알고 있는데다가 심지어 이 개는 길에서 꽤 오래 떠돌이 생활을 한 것 같으니 마음을 놓을 수가 없었다. 샤나는 개의 공격성을 시험해 볼 심산이었다. 조금 위험이 따르는 방법이지만.

"엄마가 개에게 음식을 조금 준 다음에 그릇을 뺏을 거야. 그때 개가 엄마를 공격하면 넌 이 놈을 막아야 해."

그러고는 샤나는 음식이 담긴 그릇을 내려놓았고, 잔뜩 긴장한 채 겁에 질린 아들은 야구 방망이를 손에 꼭 쥐었다.

9년이 지난 지금 모자는 그때 일을 떠올리며 허탈하게 웃는다. 핏불테리어 허니는 이름만큼이나 더없이 달콤하고 사랑스러운 가족이다.

* 개에게 먹을 것을 줬다가 뺏는 방법으로 개의 공격성을 알아보거나, 서열을 잡는 방법은 전통적인 복종 훈련법으로 개의 공격성만 키우는 잘못된 교육법이다. 개는 칭찬을 통한 긍정교육법으로 충분히 교육이 가능하다. (편집자 주)

늘어도 간식을 먹기 위한 팀워크는 가능하다

위니 Winnie, 15 | 럭키 Lucky, 10

코커스패니얼 위니는 나이를 먹을수록 더 현명해지고, 비숑프리제 럭키는 점점 더 영악해지고 있다. 럭키는 배불리 먹기 위한 전략이 필요하다고 생각될 때면 맹렬히 짖어대며 현관으로 달려간다. 그러면 위니도 무슨 일이 있는지 알아보려고 럭키를 따라 현관 쪽으로 느릿느릿 걸어간다. 그 순간 럭키는 휙 돌아 위니의 밥그릇을 향해 돌진한다.

때로 위니와 럭키는 공동의 목표를 위해 협력이 필요할 때면 한마음이 돼 꾀돌이 사기팀 '윈키 Win-ky'로 변신하기도 한다.

"위니랑 럭키는 종종 잘 짜인 농구팀처럼 멋진 팀워크를 보여 줘요. 갑자기 럭키가 툭 튀어 나와 떡 버티고 서서 제 앞을 막을 때가 있어요. 제가 옆으로 피해 가려고 하면 그때 위니가 나타나요. 별수없이 또 위니를 슬쩍 피해 가다 보면 어느덧 식탁 앞에 서 있는 저를 발견하게 됩니다. 녀석들의 잔머리에 제가 간식 항아리가 있는 식탁 앞에 가 있는 거죠. 그런 다음 둘이 저를 뚫어져라 쳐다보면 별수 없죠. 간식을 주는 수밖에."

스탠리Stanley, 16

갈망과 욕망, 용기와 모험, 의지력의 승리를 보여 주는 대단히 멋진 이야기가 있는데 안타깝게도 19금이다. 19세 미만은 다음 페이지로 바로 넘어갈 것!

잭러셀테리어 스탠리가 한창 젊고 잘생겼을 때 짝짓기 상대로 선택된 적이 있다. 선택받은 스탠리는 열정적으로 최선을 다했지만 귀엽고 당당한 암컷 헤일리의 마음을 얻지 못했다. 결국 짝짓기 실패. 어쩔 수 없이 동물병원에 가서 수의사의 도움을 구할 수밖에 없었다. 전문가의 도움으로 겨우 성공했다.

그 일이 있었던 다음 날 집이 발칵 뒤집혔다. 반려인인 데비가 저녁에 집에 돌아와 보니 스탠리가 집에 없었던 것이다. 집 안팎을 아무리 찾아다녀도 스탠리가 없어서 데비가 지옥을 경험하고 있을 때 자동응답기에서 수의사의 목소리가 흘러 나왔다. 스탠리가 잔뜩 기대에 찬 얼굴로 꼬리를 흔들면서 동물병원 현관 앞에 앉아 있다고.

스탠리는 한 번도 하지 않았던 행동인 마당의 울타리를 용케도 뛰어넘어 번잡한 거리를 뚫고서 3킬로미터나 떨어진 동물병원으로 달려간 것이다. 스탠리는 무엇을 기대하고 그곳으로 달려간 것일까.

열여섯 살, 노년에 접어든 스탠리는 이제는 자기가 어디에 있고, 어디로 가고 있었는지도 깜빡할 때가 많다. 그러다가 언젠가 또 길을 잃을 수도 있겠지. 하지만 스탠리가 혈기 왕성했던 시절 벌였던 엄청난 모험 이후 따라붙은 별명은 여전히 간직하고 있다.

상남자 스탠리.

침도 흘리고 그러는 거지
렉시 |Lexi, 14

침 좀 흘리면 어떠리. 나이가 들면 조심성이 좀 떨어지고 그러다 보면 침도 흘리고 그러는 거지. 큰 의미 없다.

물론 인정할 건 인정한다. 렉시는 남들 다 하는 움직이는 썰매 위에 서 있는 법을 결국 배우지 못했다. 플라스틱 원반을 입에 물고 밥 그릇 앞에 와서는 밥을 어떻게 먹어야 할지 몰라 혼란스러워했다. 원반을 내려놓고 밥을 먹은 후에 다시 원반을 물면 되는데 그걸 못했다. 하지만 그것 좀 못하면 어때서!

가족들은 말한다.

"렉시는 정말 귀엽고 사랑스러워요. 렉시 덕분에 우리는 항상 배꼽 잡고 뒤로 넘어가죠. 침 질질 흘리고, 원반 물고 밥 그릇 앞에서 쩔쩔매는 모습이 얼마나 사랑스러운데요. 이 아이에게 우리가 뭘 더 바라겠어요?"

치매 앓는 늙은 어머니와 늙은 개

스키피 Skippy, 17

스키피에게 겨울의 모든 날은 별 차이가 없다. 침대에서 잠을 자거나 낡은 의자 위에서 졸고 있을 테니까. 여전히 산책은 즐긴다. 스키피의 산책법은 반려인인 매트와 적당한 거리를 두고 천천히 걷는 것이다.

백내장에 걸려 앞을 거의 보지 못하지만 어렴풋하게나마 형체는 알아본다. 그러다 보니 종종 실수를 한다. 나무를 향해 걸어가서 기대에 찬 표정으로 그 아래에 앉는 것이다. 그러고는 모든 착한 개가 그렇듯 얼굴을 들고 명령을 기다린다.

"스키피는 나무가 저라고 생각해요."

때로는 엉뚱한 방향으로 걸어가기도 한다. 그럴 때면 손뼉을 쳐서 스키피를 불러 세워야 한다. 스키피는 이제 더 이상 자기 이름을 불러도 알아듣지 못하지만, 매트의 손뼉 소리는 알아듣는다.

스키피는 매트의 막내아들과 같은 해에 태어나서 좋은 친구로 함께 자랐다. 그런데 요즘 스키피는 올해 여든 살로 가벼운 노인성 치매를 앓고 있는 매트의 어머니와 진한 애정과 유대를 나누고 있다. 어머니가 밥을 먹을 때면 어머니의 옆자리는 언제나 스키피가 차지한다. 식사 시간에 둘은 찰떡궁합을 자랑한다. 늙은 어머니는 식탁에서 스키피에게 음식을 주지 않기로 한 약속을 늘 잊어버리고, 스키피는 식탁에서 음식을 달라고 보채지 않기로 한 약속을 늘 까먹는다.

가족들은 그저 흐뭇하게 바라볼 뿐이다. 서로 잘된 일이라고.

오트밀Oatmeal, 11 | 윈스턴Winston, 11

조용하고 모든 면에서 모범적인 오트밀과 달리 윈스턴은 시끄럽다. 우체부만 오면 짖고, 택배차가 오면 또 짖는데 소리가 조금 다르다. 낯선 개가 자기 옆을 지나칠 때, 낯선 사람이 현관 앞에 왔을 때, 사람 가족에게 불평불만이 가득할 때, 아빠가 귀가했을 때, 마당으로 들어오는 가족을 보고 빨리 문 열어 달라고 짖을 때 내는 소리가 신기하게도 다 다르다.

내성적인 오트밀과 달리 호기심이 많은 윈스턴은 엄마랑 아빠가 애정행각을 벌이면 그 사이로 얼굴을 들이민다.

차분한 오트밀과 달리 윈스턴은 번잡하다. 어렸을 때는 집의 한쪽 끝에서 끝으로 전속력으로 달리곤 했다. 벽난로를 이용해 텀블링도 했다. 그랬던 녀석은 지금도 여전히 혈기왕성하다. 아직도 사람에게 괜히 겁주는 걸 좋아하고, 쓰레기통을 급습하고, 우체부를 보면 짖고 안달한다.

이렇게 둘의 성격이 완전히 다르다 보니 별로 친한 것 같지도 않다. 윈스턴이 도덕군자인 척 하는 오트밀을 질투하는 것일지도 모른다. 여전히 호기심 많은 윈스턴에게 항상 앉아만 있는 오트밀은 재미없는 친구일 수도 있고.

웨스트레이 Westleigh, 14

오른쪽 사진을 보고 지구 밖 저 멀리, 태양계에서 가장 가깝다는 별 알파 센타우리에서 온 사마귀 머리를 한 외계인을 상상하는 사람이 있을까? 그러나 웨스트레이는 휘핏 종으로 오히려 사슴을 닮았다.

"종종 사람들이 벨을 눌러서 뒷마당에 사슴이 있다고 알려 주곤 해요."

웨스트레이는 사진 속 모습처럼 차분하고 침착한 성격의 개다. 한 번은 이런 일도 있었다. 반려인인 재닛이 시장을 다녀와서 양 손에 짐을 잔뜩 들고 있었다. 그래서 몸으로 문을 밀고 집 안으로 들어가자마자 문이 닫혔는데 재닛은 웨스트레이가 자기를 따라 들어오는 줄 몰랐다. 문이 쾅 소리를 내며 닫힌 후 몇 분 지나지 않아 딸이 "까악~, 피! 피!" 하며 비명을 질렀다. 달려가 보니 웨스트레이의 꼬리가 문에 껴서 반쯤 잘려 나가 있었다. 그런데도 웨스트레이는 신음 소리 한 번 내지 않았다. 어떻게 그럴 수 있을까? 녀석은 그런 사소한 일로 소란을 피우고 싶지 않았던 걸까.

노견과 아기, 기저귀가 두 배

스머피Smurfy, 17

스머피와 딸 랜은 기저귀를 찬 시기가 묘하게 겹쳤다. 스머피는 나이가 들어 잘 가리던 화장실을 못 가리게 됐고, 생후 18개월인 랜은 대소변 가리기에 아직 서툴러 기저귀를 차야 했다. 그래서 기저귀가 두 배로 들었다. 랜은 틈만 나면 스머피를 쫓아가서 차고 있는 기저귀를 벗겼다.

"딸아이는 스머피의 기저귀 벗기는 걸 로데오경기쯤으로 생각하는 것 같았어요."

스머피는 행복한 어린 시절을 보내지 못했다. 개를 키울 줄도 모르고 무책임했던 전 주인은 스머피가 심장사상충에 걸린 줄도 몰랐다. 그 때문에 스머피는 죽을 뻔했다. 당시 녀석의 이름은 머피였다. 과거는 불행했지만 행복한 집에 입양됐으니 새로운 이름을 지어 주고 싶었다. 하지만 이름 때문에 혼란을 겪을까 봐 걱정도 됐다. 그래서 새로 지은 이름이 스머피. 머피에서 스머피로의 변화를 스머피는 슬쩍 눈감아 주었다.

언제인가 민달팽이를 유인하려고 정원에 반쯤 묻어 둔 맥주 캔을 발견한 스머피가 맥주와 함께 그 속에 든 민달팽이까지 깡그리 먹어치운 적이 있다. 그러고는 만취해 비틀거리며 집 안으로 들어와서는 현관에서 고꾸라졌다. 이렇게 스머피는 말썽도 아주 매력적으로 피우는 개다.

요즘은 스머피가 마당에서 놀 때면 토마토 줄기가 종종 흔들린다. 스머피가 잘 익은 토마토를 서리해서 먹는 것이다. 사실 마당의 토마토는 모두 스머피가 토마토를 먹은 후 똥을 싸 여기저기 씨앗을 흩뿌려 놓아서 자란 것들이다.

"언젠가 스머피가 우리 곁을 떠나면, 마당의 토마토를 보면서 스머피를 그리워하겠죠."

스타 Star, 10

본능은 강력한 생물학적 힘이다. 이미 진화가 필요 없음에도 본능을 오래도록 간직하고 있는 동물에게는 흥미진진한 일이 벌어진다. 교외에 사는 개들은 사냥감을 찾아 돌아다니는 대형 포식자에게 발각되지 않기 위해 고군분투한다. 자신의 냄새를 감추기 위해 애쓰고, 음식을 땅 속에 묻어 두기도 한다.

비글 종 스타가 그렇다. 스타는 가족들이 산책을 많이 시켜 주지 않아도 별 상관없다. 그보다 과자를 집 안에 숨기는 게 더 중요하다. 초콜릿 칩 쿠키나 빵 등 간식을 줘도 새도 모르게 잽싸게 숨기기 때문에 가족들은 도대체 어디에 감추는지 알 수가 없다. 주로 가구, 침구 등 부드럽고 푹신한 곳에 숨기는 것 같다. 그러다가 어느 날 우연히 발견하고는 한다.

"얼마 전 빨래 바구니를 비우는데 딱딱한 피자 한 조각이 떨어지더라고요."

간식을 집 안 어디에 숨기든 가족들은 스타가 행복하면 그만이다.

"어디서 요런 놈이 왔을까요? 스타는 나이가 들었지만 우울함이나 지루함 따위는 모르는 것 같아 다행이에요."

러스티Rusty, 16

포메라니안 러스티는 몸집이 얼마나 조그마한지 남자 주먹만 하다.

그러니 직접 보면 얼마나 앙증맞고 사랑스러울까.

이렇게 생각하면 오산이다.

볼티모어에 사는 열여섯 살 러스티는 지금도 인간 가족을 보호하기 위해 쥐를 쫓아 골목 길을 내달린다.

과거에 오토바이 경찰관이었던 반려인과 살 때 러스티는 오토바이 핸들 앞에 장착된 바구니에 앉아 바람에 털을 휘날리며 도시를 질주하곤 했다.

그 후 지금의 반려인이 러스티를 기쁘게 해 주려고 자전거 바구니에 태우고 내달렸지만 그때마다 러스티는 하품을 참지 못했다.

체스터 Chester, 11

체스터는 펨브룩 웰시코기 종이다. 조상의 피를 받았으니 당연히 양과 소를 몰고 싶어 한다. 유전자라는 게 그렇다. 그런데 이를 어쩌나! 체스터는 축산업이 금지된 곳에서 살고 있다.

그럼에도 불구하고 체스터는 동물몰이를 포기하지 않았다. 매일 무려 여덟 마리나 되는 동물 무리를 몰고 다닌다.

매일 아침, 잠에서 깬 체스터는 무리를 한 놈씩 아래층으로 몰고 내려온다. 스마일맨, 산타, 큰 진저브레드맨, 작은 진저브레드맨, 테디베어, 닥스훈트 씨, 작은 황소, 생쥐까지. 체스터는 여덟 마리를 아래층으로 몰고 내려온 뒤 다른 곳으로 도망가지 못하도록 커피 테이블 아래에 잘 모아놓는다. 그런 다음 하루 종일 녀석들의 존재를 까맣게 잊는다.

그러다 밤이 되면 체스터는 다시 동물몰이를 시작한다. 잠자리에 들기 전에 한 놈씩 위층으로 몰고 올라간다. 스마일맨, 산타, 큰 진저브레드맨, 작은 진저브레드맨, 테디베어, 닥스훈트 씨, 작은 황소, 생쥐까지. 이 일을 마쳐야 비로소 동물몰이 개 체스터의 보람찬 하루가 끝이 난다.

나이 들어도 자신만의 방식대로 산다
블레이즈Blaze, 11

집을 탈출하는 블레이즈를 막을 수 없었다. 나무 울타리, 더 정교한 격자 무늬 울타리, 철조망도 소용없었다. 울타리를 높이면 땅을 파고 튀어 나갔다. 현관문을 닫아 놓으면 문이 열릴 때까지 참고 기다리다가 열리면 잽싸게 나갔다.

블레이즈가 집을 탈출한 횟수는 너무 많아서 셀 수조차 없다. 거리에 나가서는 차를 무서워하지 않았고, 타이어를 물어뜯기도 해서 다칠까 봐 아찔한 적도 많았다.

결국 가족은 전기 울타리를 설치했다. 고집 센 블레이즈는 이때도 포기하지 않아서 몇 번 심한 전기 충격을 받기도 했다. 그리고 마침내 전기 울타리가 어떤 것이라는 걸 알게 됐다. 블레이즈는 보더콜리 종이다. 똑똑한 견종 중 하나인 보더콜리가 깨달았다는 건 이제 탈출하는 일은 없다는 뜻이다.

이후 싫든 좋든 블레이즈의 세상은 집 주변으로 제한됐다. 그런데 블레이즈는 나이가 들면서 이해할 수 없는 행동을 하기 시작했다. 산책을 시키려고 블레이즈에게 목줄을 하면 나갈 때까지는 얌전히 따라나선다. 그런데 밖으로 나가자마자 바로 목줄을 입에 물고는 사람을 끌고 다시 집 안으로 들어와 버린다.

가족들은 처음에 블레이즈가 나이가 들어 치매가 온 게 아닌가 걱정했다. 하지만 블레이즈의 정신은 멀쩡하다. 이제 가족들은 안다. 블레이즈는 젊을 때도, 늙은 지금도 여전히 자신의 방식대로 살고 있음을.

독특한 세계관을 가진 개와 공존하는 법

하이네켄 Heineken, 11

폴린은 펫숍 케이지 앞에 붙은 강아지 이름표를 보고 "이건 아니지." 하고 중얼거렸다.

'하이네켄'

맥주 이름을 따서 개 이름으로 지어 주는 건 괜찮다고 쳐도 하이네켄은 아니라고 생각했다. 이왕이면 목 넘김이 좋고 부드러운 쿠어스 맥주가 어울린다고 생각하며 강아지를 안고 집으로 향했다.

집에 온 후 강아지 훈련이 시작됐다. 그런데 테리어 종이 섞인 믹스견인 녀석은 매일 찾아오는 우체부와 끝내 좋은 관계를 맺지 못했다. 목욕 훈련도 실패했다. 정원에서 땅을 파지 말라는 말은 귓등으로도 듣지 않았다. 소파 쿠션은 녀석에게 매번 된통 당했다. 이래서는 안 되겠다 싶어서 훈련소에 보냈는데 쫓겨났다.

대신 폴린이 하이네켄에 맞춰서 변했다. 그러니 문제될 건 아무것도 없었다. 폴린은 독특한 세계관을 가진 특별한 개와 공존하는 법을 배워 나갔다. 녀석은 싸움을 하고 싶으면 하고, 땅을 파고 싶으면 파면서 그렇게 살고 있다.

폴린은 녀석의 진취성을 존중한다.

"하이네켄은 어떤 상황에서도 겁을 내지 않아요. 나약하지 않죠."

녀석은 부드러운 쿠어스가 아니라 쌉쌀한 하이네켄이다.

레이디Lady, 17

레이디는 일흔아홉 살인 반려인 앨리스와 네바다 주 오스틴의 골동품 가게에서 산다.

"레이디가 젊었을 때는 낮은 선반 위에 놓은 물건은 조심해야 했어요. 손님이 오면 레이디가 워낙 꼬리를 힘차게 흔들어서 비싼 골동품이 꼬리에 맞아서 박살날 수 있었으니까요. 그런데 이제 레이디는 거의 누워 있습니다. 관절염이 있거든요."

레이디는 사랑스러운 대형견으로 가게를 찾는 사람들의 마음을 평화롭게 만들어 준다. 한 신부님은 가게에 올 때마다 레이디를 위해서 기도를 해도 되느냐고 묻는다. 북아메리카 원주민 보호구역 출신인 신부님은 자기 부족의 여인들을 위한 기도문을 레이디를 위해 읽어 준다.

"레이디는 오스틴에 사는 어떤 여자보다도 사랑받아요. 하긴 오스틴에는 여자가 별로 없긴 하죠. 반경 80킬로미터 내에 250명밖에 없어요."

한 번은 박제사가 가게로 들어오더니 레이디가 죽은 뒤에 박제할 생각이 있는지 물었다. 레이디가 사람 말을 알아듣지 못한다고 생각하는 모양이었다.

"맙소사! 박제라니 말도 안돼요. 벌레가 꼬일까 봐 매장도 안 할 생각이에요. 뭐가 레이디를 위해서 좋을까 늘 생각해요. 언젠가 레이디가 떠나면 화장을 해서 사막에 뿌릴 거예요. 그게 레이디가 영원히 자유롭고 행복한 길일 테니까요. 레이디는 그럴 자격이 충분해요."

피를 좋아하지 않는 평화주의자 사냥개

워커 Walker, 10

옛날 스페인에 페르디난드라는 어린 황소가 살았다. 다른 황소들은 달리고, 뛰어 오르고, 서로 머리를 받으며 지냈지만 페르디난드는 그저 조용히 앉아서 꽃냄새 맡는 것을 좋아했다.

― 《꽃을 좋아하는 소 페르디난드》 중에서

옛날에 사냥을 좋아하지 않는 워커라는 폭스하운드가 살았다. 워커는 사냥개로 길러졌 지만 피를 좋아하지 않는 평화주의자였다. 큰 소리도 무서워했다. 솔직히 말하면 워커는 세상 거의 모든 것을 무서워했다.

사냥개로 태어나고 길러졌지만 워커는 사냥도 살생도 하지 않았다. 그래서 버려졌고, 굶 어죽기 직전까지 갔다. 다행히 친절한 사람들이 죽기 직전의 워커를 구조하여 보살펴 주 었다. 건강을 되찾자 워커의 가족이 되어 줄 사람을 찾기 시작했고, 6년 전 수잔에게 입 양됐다.

"워커가 처음 집에 왔을 때, 겨우 15분 만에 우리 가족의 일원이 됐어요. 식탁 옆 모퉁이 를 자신이 머물 자리로 선택하길래 그곳에 녀석의 침대를 놓아 줬지요. 침대는 아직도 그 자리에 있어요. 워커는 짖는 걸 좋아하지 않아요. 착하고 순한 아이죠. 겁쟁이기도 한 데 우리 가족은 그런 녀석을 사랑한답니다."

* 폭스하운드 foxhound는 여우 사냥용 사냥개다.

켄터키 주 래빗 해시 마을의 시장을 낳은 개

벨Belle, 14

벨을 설명하는 세 가지.

첫째, 벨은 한때 정말 아름다웠다. 도그쇼 대상 출신이다.

둘째, 벨은 8년 전에 시력을 잃었다. 안구가 하얗게 돼서 사진 촬영을 할 때면 언제나 선글라스를 착용한다. 그래야 더 멋지다.

셋째, 벨은 켄터키 주 래빗 해시 마을의 시장을 낳은 엄마다.

* 켄터키 주의 작은 마을 래빗 해시에서는 역사학회 주최로 4년마다 시장을 선출한다. 동물, 어린이 등 누구라 도 후보자가 될 수 있으며, 연령과 상관없이 1달러를 기부하면 투표권 하나를 얻을 수 있다. 모인 돈은 화재 가 난 상점 복구, 교회 복구 등 마을에 꼭 필요한 일에 쓰인다. 2017년에는 핏불테리어 브린이 핏불에 대한 편견을 없애고자 출마해서 네 번째 개 시장이 됐다. (편집자 주)

열혈 곰 사냥개는 지혜로운 노견이 됐다

샘Sam, 16

샘을 설명하는 세 가지.

첫째, 젊었을 때 샘은 뛰어난 곰 사냥개였다.

둘째, 요즘 샘은 귀가 전혀 들리지 않고 움직이는 것도 불편해서 주로 앉아 있다. 앉아 있는 모습이 지혜와 용맹을 상징하는 스핑크스를 닮아서인지 사람들은 샘을 지혜로운 개라고 여긴다.

셋째, 샘은 래빗 해시 마을의 시장과 절친이다.

개가 시장이 될 자격이 있느냐고?
주니어Junior, 11

주니어는 켄터키 주 래빗 해시 마을의 시장이다. 마을의 주민은 모두 셋이지만 선거인구는 주변 지역까지 포함하면 거의 200명에 이른다.

몇 년 전, 마을의 유명한 상점이 큰 화재로 피해를 입자 주민들은 피해 복구를 위해 돈을 모으기로 하고는, 사람들의 마음을 끌 수 있는 특별한 이벤트를 고민했다. 주니어의 반려인인 제인도 이 프로젝트에 참여했다.

"켄터키 주에는 오래된 선거 방식이 있어요. 1달러를 기부하면 투표권 하나를 얻을 수 있고, 원하면 얼마든지 기부할 수 있는 방식입니다. 그렇게 얻은 투표권으로 누구에게든 투표할 수 있죠. 기금을 가장 많이 모은 후보가 시장으로 당선되는 거지요."

이때 시장 후보로 여러 종이 등록했다. 돼지 한 마리, 앵무새 한 마리, 당나귀 한 마리, 개 몇 마리가 등록했는데 제인의 반려견인 주니어도 출마했다. 사실 래빗 해시 마을은 딱히 결정할 만한 지자체 업무가 없고, 선거 캠페인도 딱히 필요없어서 누구나 출마해도 된다. 제인은 열심히 선거 운동을 해서 가족과 친구들은 물론 유권자들로부터 5천 달러에 달하는 기금을 모금했다. 마침내 주니어는 시장에 당선됐고, 직업을 얻었다. 평생 놀고먹는 직업을. 사람들은 묻는다. 개가 시장이 될 자격이 있느냐고.

"주니어는 이 나라에서 가장 정직한 정치가예요. 말을 하지 않거든요."

끝내 이기고 살아남은 진정한 생존자

리틀도그 Little Dog, 10

4년 전 보호소에서 리틀도그를 처음 봤을 때만 해도 몰골이 말이 아니었다. 무차별한 발길질로 반쯤 죽은 상태였다. 귀는 뜯겨 엉망이었고, 이빨 몇 개가 부러져 있었으며, 올가미가 죄어 있던 목에는 상처가 나 있었다. 그때 리틀도그는 고작 여섯 살이었다.

그런 역경을 이겨내고 앨런과 클레이턴의 가족이 된 리틀도그에게 역사상 최악의 재난이라는 허리케인 카트리나는 그리 대수로운 일이 아니었다.

2005년 8월 29일 카트리나가 리틀도그가 사는 지역을 덮쳤을 때 리틀도그는 가족과 함께 침착하게 집에 피신해 있었다. 그들은 폭풍우에서 살아남은 몇 안 되는 가족 중 하나였고, 폭풍우가 지나간 후 무사히 집 밖으로 빠져 나왔다.

"주변의 집들이 모조리 사라지고 없었어요. 나무 기둥 하나 남아 있지 않았죠."

리틀도그는 모든 게 사라진 황량한 지역을 이리저리 돌아다녔다. 그러다가 고속도로 맞은편에서 지금까지 보지 못했던 새로운 세상을 발견했다. 바로 해변이었다.

요즘 리틀도그는 거의 매일 해변을 뛰어다니면서 갈매기를 쫓는다. 가족들은 차가 휙휙 지나가는 고속도로를 건너다니는 게 위험해서 못하게도 해봤지만, 어느새 녀석은 슬그머니 집을 빠져나가 도로를 건너고야 만다. 그리고 밤이 되면 바다 냄새가 가득한 모래를 잔뜩 묻힌 채 당당하게 집으로 들어온다.

"리틀도그는 어떤 상황에서도 살아남았어요. 방법은 저희도 모르죠. 녀석은 진정한 생존자입니다."

바쁘게 사는 게 최강 동안의 비결

샤이엔 Cheyenne, 14

샤이엔은 신기하게도 실제 나이의 절반밖에 안 돼 보인다. 때로는 강아지처럼 보이기도 한다. 동안의 비결이 뭘까? 제멋대로 생긴 녀석의 눈 때문일 수도 있다. 샤이엔의 눈은 한 쪽은 갈색, 한 쪽은 갈색과 파란색이 섞여 있다. 아니면 식단이 동안의 비결일 수도 있다. 샤이엔은 평생 말과 함께 살았는데 덕분에 당근을 실컷 먹었다.

그것도 아니라면 평생 바쁘게 살아서가 아닐까. 샤이엔은 단 한 순간도 지루하게 보낸 적이 없다. 반려인인 헤더가 말 목장을 운영할 때는 언제나 트랙터 조수석을 차지했고, 헤더가 신문기자였을 때는 늘 취재하는 헤더를 따라다녔다.

심지어 샤이엔 자신도 무려 2년 동안 직업이 있었다. 관광용 마차를 운영하는 마부가 샤이엔을 고용했다. 샤이엔이 워낙 활기차고 사랑스러워서 샤이엔이 마차의 운전석에 앉아 있으면 관광객들의 관심을 끌 수 있었기 때문이다. 샤이엔의 임금은 한 시간에 1달러였다.

현재 헤더와 샤이엔은 넓은 농장에서 함께 살고 있다.

"샤이엔은 여전히 아침이면 말에게 먹이 주는 일을 도와줍니다. 그리고 여전히 강아지처럼 뛰어다니죠."

집 나가면 개고생

진저 Ginger, 11

개 중에는 개다운 개가 있고, 진저처럼 사람 같은 개가 있다. 물어볼 수 없으니 진저가 스스로 사람이라고 생각하는지는 알 수 없지만, 가족이 나누는 모든 대화에 귀를 기울이는 것은 확실하다. 마치 사람들이 상대의 말에 집중하듯이.

"진저는 귀를 기울이고 있다가 익숙한 단어가 들리면 머리를 들어요. 그런데 익숙한 단어가 워낙 많으니 항상 머리를 쳐들고 있죠. 사진처럼요."

진저는 같은 종인 개보다 사람 가족을 더 좋아하고, 개의 전매특허인 집 탈출 시도도 전혀 하지 않는다. 사람과 함께 집 안에서 사는 것에 완전 만족하기 때문이다.

그런 진저가 어느 날 뒷마당에서 갑자기 사라지자 가족은 혼돈에 빠졌다. 한 번도 집을 나가지 않았던 녀석이라 어디로 갔을지 짐작조차 할 수 없었다.

조금 열린 뒷마당 쪽 문을 열고 나간 게 틀림없었다. 진저를 미친 듯이 찾아 헤매다가 마침내 진저를 찾았다. 현관 앞이었다. 뒷마당에서 나와 현관에 앉아 있다니…. 진저는 가족들이 빨리 와서 집으로 들여보내 주기를 참을성 있게 기다리고 있었다.

불행했던 개는 새 가족을 목숨 걸고 지킨다

행크Hank, 11

행크 같은 개가 세상에 또 있을까?

행크는 덩치가 크다. 그리고 참 좋은 개다. 착하고, 예의 바르고, 순종적이며, 어떤 문제도 없다. 귀족스러운 멋진 자태도 자랑스럽다. 그런데 누군가 손을 올리거나 목소리를 높이거나 크게 재채기만 해도 움츠리고 숨는다. 다른 개가 행크의 가족(함께 사는 사람 가족과 세 마리의 고양이 가족)을 위협한다고 생각하지 않는 한, 절대로 공격성을 보이지 않는다.

행크는 개집에 쇠사슬로 묶인 채 버려졌다. 보호소에 있다가 한 살 때 지금의 가족에게 입양된 후 행크는 목숨을 걸고 가족을 지킨다.

입양한 후 얼마 지나지 않아 행크의 피부 밑 여기저기에서 작고 딱딱한 덩어리가 발견돼 병원을 찾았다. 수의사가 메스로 덩어리를 하나씩 떼어냈는데 비비탄 총알이었다. 배, 가슴, 머리, 귀 등에 수백 개가 박혀 있었다.

"행크는 큰 지혜를 가진 달라이 라마 같아요. 저는 행크가 사격 연습용으로 살았다는 생각만 해도 화가 치밀어 오르는데 행크는 그걸 다 참고 맞은 거잖아요."

우리 둘이면 충분해요

스팽키 Spanky, 11

소설 《모비딕》의 아합 선장은 모비딕에게 다리를 빼앗겼고, 《피터팬》의 후크 선장은 악어에게 팔을 빼앗겼다. 그들처럼 스팽키는 길고양이가 휘두른 앞발에 한 쪽 눈의 시력을 잃었다. 눈은 안개가 낀 것처럼 뿌예서 앞을 제대로 볼 수 없다. 이런 지경인데도 얄미운 고양이는 여전히 스팽키를 놀리려고 찾아오고, 그럴 때마다 스팽키는 뒷문으로 도망친다. 반려인인 재닛이 일을 나가면 스팽키는 주로 집에서 애니멀플래닛 _Animal Planet_ 채널을 시청하면서 동물 세계를 탐험한다.

재닛의 직업은 경찰서에서 긴급 전화를 받는 일인데 예측 불가능한 위급한 일이 많아서 감정 소모가 심하다. 남자가 전화를 해서 아기의 입에 총구를 물리고 방아쇠를 당기겠다고 협박하는 경우도 있었다. 고된 하루 일과가 끝나면, 재닛은 유일한 룸메이트이자 최고의 친구인 스팽키가 있는 집으로 돌아온다.

"내가 우리가 어쩌고저쩌고 하면서 말을 하면 지인들은 그 '우리'가 스팽키와 나라는 걸 알아요. 우리 둘이면 전 충분해요. 스팽키는 일을 마치고 온 나를 연민어린 눈으로 쳐다보죠. 걱정스럽고 안쓰럽고 애틋해하는 그 마음이 뿌연 스팽키 눈에 다 담겨 있어요."

가족의 해체, 암, 방사선 치료의 후유증 따위!

보카Boca, 10

보카는 한때 코뿔소라고 불렸다. 두 눈 사이에 7센티미터가 넘는 혹이 자라고 있었기 때문이다. 수의사는 악성 종양이라고 진단했고, 살 기간이 얼마 남지 않았으니 마음의 준비를 하라고 했다.

그 와중에 보카의 반려인인 패티와 남편은 이혼을 준비하고 있었고, 둘은 모두 보카를 원했지만 패티는 어떤 재산보다도 보카를 원했고 함께 살 수 있게 됐다.

보카의 눈 사이 혹을 제거하는 데 무려 2년이나 걸렸고, 천 만 원이 넘는 치료비가 들었다. 감사하게도 곧 떠날 거라는 수의사들의 예언은 보기 좋게 빗나갔고, 보카는 생명을 이어갔다. 병원은 자신들의 생각이 틀릴 수도 있음을 상기하고자 보카의 사진을 방사선 치료실에 걸어 놓았다.

요즘 보카는 마치 집 안에 머무는 성인 같다. 고양이들이 사고를 쳐서 패티가 몹시 화가 나 있으면 보카가 고양이들을 조용히 타이르기도 한다.

물론 방사선 치료 때문에 시야가 흐려졌고, 검은 얼굴이 회색빛으로 변하기는 했지만 그게 무슨 상관인가. 패티는 매일 이렇게 외친다.

"우리 보카, 너무 예뻐!!"

축구공, 테니스 공, 탁구공… 공 먹기 선수

바코Bacco, 12

누구나 삶이 자신에게 부여한 임무가 있다고 생각한다. 사람도 그렇지만 개도 마찬가지다. 개의 임무는 일부는 학습되고 일부는 유전자에 각인되어 있다. 인간이 보기에 대단치 않은 것도 있다. 개에게 주어진 임무는 주로 던진 물건 물어오기부터 양몰기, 탐지, 경비, 장애인 돕기 등이다. 그중에서도 '그저 사랑스럽기'가 주요 임무이기는 하다.

바코의 임무는 공 먹기다. 바코는 공을 던지면 달려가서 물고 돌아오지 않는다. 공을 갉아 먹는데 그럴 때면 '웅웅~'거리는 낮은 소리를 낸다. 기계로 나무를 자를 때 나는 소리 같다. 바코는 테니스 공, 탁구공, 축구공, 야구공, 크리켓 공, 소프트볼 공을 먹어치웠다.

"과거의 바코는 공을 두세 개씩 물고 다녔어요. 우스꽝스러워 보였는데, 바코는 누구에게도 결코 공을 양보하는 법이 없었죠."

바코가 공을 대하는 자세는 완벽하게 인식론적이다. 사물의 핵심까지 파고든다고 할까. 지질학자인 반려인 아그네스는 바코의 이런 행동을 열심히 연구했다. 아그네스는 골프공을 바코의 가장 위대한 업적이자 걸작이라고 말한다.

"골프 공은 서너 개의 층으로 돼 있어요. 플라스틱, 고무 밴드, 코르크까지! 그걸 다 해체했다니까요."

바코가 만난 견생 최대의 위기는 바로 농구공이었다. 커다란 농구공을 훔치긴 했는데 과연 먹어치울 수 있었을까?

"바코는 농구공을 바라보며 '이 정도쯤이야 식은 죽 먹기지.'라고 생각하는 것 같았어요."

대가족 집에 사는 개는 피곤하다
퍼지Fudge, 10

대가족과 함께 사는 개는 어떤 상황에서도 침착하게 대처한다. 요즘 퍼지가 사는 환경이 그렇다.

퍼지는 어느 날 갑자기 대가족의 일원이 됐다. 퍼지의 반려인인 데보라가 제프와 재혼하는 바람에 중년의 남녀가 만나 새로 꾸리는 가정의 일원이 된 것이다. 데보라는 두 딸과 퍼지를, 제프는 아들과 딸, 앵무새 몇 마리, 페럿 한 쌍을 데리고 재혼했다.

퍼지에게는 그야말로 날벼락 같은 어리둥절하고 낯선 변화가 찾아온 셈이다. 제프의 아들과 딸은 퍼지 위에 올라타고 꼬리랑 귀를 잡아당기며 눈을 찔렀다. 페럿 한 쌍은 제프를 쳇바퀴 대하듯 타고 올라 뛰고 난리도 아니었다. 그런데 퍼지는 이런 수모를 당하면서도 아랑곳하지 않는다. 자신이 사랑하는 가족과 함께 있는 것만으로도 행복하다는 듯한 얼굴이다.

"현재 퍼지의 상태는 좋지 않아요. 귀 염증, 피지 과다 분비로 인한 피부병 때문에 스테로이드를 복용하다 보니 살이 많이 쪘어요."

퍼지가 대가족의 굴레에서 벗어나 쉬고 있을 때 살짝 사진을 찍었다. 바닥에 퍼져 엎드려 있는 퍼지의 모습이 마치 바닥 매트 같기도 곰 가죽 같기도 한데 눈빛만은, 이보다 순수한 눈빛이 또 있을까 싶다.

모든 아픔을 잊고 웃게 만드는 개

새미 Sammy, 13

멜은 남편과 이혼한 후 플로리다를 떠나 집으로 향하는 비행기 안에서 펑펑 울었다. 하지만 집으로 돌아가면 반려견 스파키가 있다. 그러니 스파키와 함께 있으면 괜찮아질 거라며 스스로를 위로했다. 그런데 불행은 연거푸 찾아왔다. 그녀가 스파키를 맡겨놓은 곳에 찾아갔을 때 녀석은 움직이지 않았다. 심장마비라고 했다.

멜은 자신의 삶이 다 망가졌다고 생각했을 때 새미를 입양했다. 새미는 사랑을 갈구하지 않는 개였다.

새미의 모습은 제왕처럼 멋지다. 하지만 하는 짓은 영 아니다. 최고의 것만 먹이고 싶은 멜은 새미를 위해 늘 최고의 음식만 준비한다. 그런데 새미는 산책길에 땅에 떨어진 것들을 집어먹는 게 취미다. 누가 먹다 남긴 피자 조각이나 상한 것 같은 빵을 귀신같이 찾아내서 멜이 미처 말리기도 전에 후딱 먹어치우고는 입맛을 쩝쩝 다신다. 새미가 워낙 빨라서 멜이 그걸 막는 건 불가능하다.

언젠가 엉터리 애니멀커뮤니케이터에게 상담을 받았는데 새미가 인조 다이아몬드로 만든 목줄을 사 주지 않아서 멜에게 화가 났다고 하는 게 아닌가. 멜이 만들어 준 고급 음식보다 남이 먹다 남은 빵을 더 좋아하는 서민형 개인 멜이 보석 목줄을 원한다고? 괜히 돈만 날렸네 날렸어 수다를 떨며 멜과 새미는 집으로 돌아오는 내내 웃었다.

새미는 멜과 함께 웃는 걸 세상에서 가장 좋아한다. 개가 웃을 수 있냐고? 아니라면 사진 속 새미가 하고 있는 건 뭘까?

* 애니멀커뮤니케이터 animal communicator 동물과 대화하는 직업을 가진 사람.

예쁜 얼굴, 광폭한 성격, 마지막을 함께해 주는 따뜻한 마음

허니파이 Honey Pie, 15

7년 전 조와 바버라는 동물단체를 통해 허니파이를 입양했다. 허니파이를 만나러 보호소에 갔을 때 허니파이가 있는 철장 앞에는 이런 경고문이 붙어 있었다. '사나운 개.' 편견을 줄 수 있는 좋지 않은 표현이라고 생각했지만 그렇다고 틀린 말은 아니었다. 허니파이가 좀 괴팍한 건 맞으니까. 허니파이는 나이가 들면서 점점 더 과격해져 사고가 날까 봐 산책시키는 일이 보통 힘든 게 아니다. 그래서 1년 전부터 유모차에 태우고 다닌다.

"어머나, 사람이 아니네. 개야, 개!" "정말? 근데 귀엽지 않아? 아, 예뻐. 까꿍!" 산책을 나갈 때마다 수시로 이런 일을 겪는다. 그럴 때마다 허니파이가 사람들에게 해코지할까 봐 가슴을 졸인다.

"다행히 아직 고소는 당하지 않았어요. 허니파이의 사랑스런 얼굴을 보면 의심 없이 다가오는 사람들이 많지만 저희가 먼저 경고를 하거든요. 만지지 말라고, 불쑥 만지는 걸 우리 애가 싫어한다고. 이빨을 다 드러내 보이는 허니파이만의 개인기가 있어요. 그걸 보면 사람들이 슬슬 물러나고 아무 일도 일어나지 않아요."

하지만 이런 모습만 있는 것은 아니다. 어느 날 밤, 허니파이와 앙숙인 고양이가 아픈 몸을 이끌고 허니파이의 침대로 기어들어갔다. 허니파이는 누구도 자신의 영역을 침범하는 것을 절대 용납하지 않는다. 그런데 그날 허니파이는 고양이가 밤새 자기 옆에서 자는 것을 허락했다. 그래 맞다. '혹시…'라는 생각대로 고양이는 다음 날 무지개다리를 건넜다. 허니파이는 그걸 어떻게 알았을까? 우리는 동물에 대해 아는 게 이렇게 적다.

노견의 얼굴에서는 지나온 삶이 보인다

케일리Caileigh, 14

"노견의 얼굴을 보면 그동안 어떤 삶을 살았는지 보이죠."

케일리의 반려인인 패티는 미국노인학회에서 일하며 노화학을 연구한다.

"케일리의 얼굴에는 어떤 것으로부터든 상처 받은 흔적이 전혀 없어요. 검정과 갈색이 섞인 주둥이가 흰색과 회색으로 변해 가고 있지만, 케일리의 얼굴은 오히려 더 온화해지고 표정은 기대감으로 꽉 차 보여요."

케일리는 하루 종일 숲속에서 놀면서 모험을 즐기거나 눈밭에서 뛰노는 걸 정말 좋아했다. 하지만 나이가 들어 이제는 힘들다. 지금은 패티의 말을 잘 알아듣지도, 패티를 제대로 알아보지도 못한다.

"하지만 지금 제 발 밑에 있는 케일리를 보세요. 언제나 그랬듯이 만족스러운 표정과 사랑스러운 미소를 지으면서 절 올려다보고 있잖아요. 케일리는 언제나처럼 여기, 제 곁에 있어요."

프러포즈, 결혼, 출산의 모든 순간 함께였다

패치스Patches, 14

꽤 오랜 연인이었던 샐리와 랜디. 13년 전 랜디가 집을 꾸미고 친구들을 부르고 정성들여 깜짝 생일파티를 준비했을 때 샐리는 뭔가 중요한 일이 벌어질 거라고 예상했고, 그게 뭔지 알 것 같았다. 랜디가 연극 대사를 읊듯 "네 인생의 다음 무대를 준비해."라고 말했을 때 이제 랜디가 결혼해 달라고 말하면 "그래!"라고 대답할 참이었다. 랜디를 사랑했으니까.

"세상에, 그런데 결혼해 달라는 말은 없고, 상자에서 목에 풍선을 묶은 강아지를 꺼내지 뭐겠어요. 저는 그때 강아지 목걸이에 혹시 반지가 걸려 있나 슬쩍 확인까지 했다니까요. 하하."

13년 전의 일이다. 그때 상자에서 결혼반지 대신 나온 강아지가 바로 패치스다.

패치스를 선물로 받은 몇 달 후 기다리던 결혼반지를 받았고, 곧 결혼을 했고, 아이를 낳았다. 그 모든 과정에 구슬 같은 눈과 너그러운 마음을 지닌 카발리에킹찰스스패니얼 패치스가 함께했다. 그런데 지금 패치스가 그들을 떠나려 하고 있다.

"패치스를 살리려고 치료에 돈을 정말 많이 썼어요. 하나도 아깝지 않아요. 그런데 랜디는 그렇게 많은 돈을 쓴 줄 몰라요. 그이에게는 말하지 말아 주세요."

샐리가 곧 그 말을 정정했다.

"아니에요. 말해도 돼요. 랜디는 제가 패치스를 얼마나 사랑하는지 알아요. 그리고 저는 랜디가 저를 얼마나 사랑하는지 알고요."

엠마Emma, 10

엠마는 동물병원에서 삶의 절반을 보냈다.

그렇다고 엠마가 평생 병을 달고 살았다는 건 아니다. 반려인인 낸시가 동물병원에서 업무를 총괄하는 일을 하고 있기 때문에, 그곳에서 함께 지내다 보니 동물병원의 마스코트가 됐다. 엠마는 매일 낸시와 함께 출근해서 케이지에 들어가는데 그걸 별로 싫어하지 않는다. 케이지가 넓고, 무엇보다 그곳의 동물들이 모두 케이지 안에 있기 때문이다. 감방에 갇혀 투덜대는 동지들처럼 엠마는 긴 세월 동안 병원에서 수천 마리의 개, 고양이 환자들과 돈독한 관계를 맺으며 즐겁게 보냈다.

엠마에게는 든든한 팬들이 있다. 낸시는 환자가 새로 오면 사진을 찍어서 엠마가 있는 케이지의 벽에 쭉 붙여 두는데, 꼭 사진 속의 개, 고양이 환자들이 엠마를 응원하는 것 같다.

엠마는 개인기가 두 가지 있다. 하나는 낸시가 손으로 총 쏘는 흉내를 내며 "탕!"이라고 말하면 네 다리를 허공으로 치켜든 채 등을 바닥에 대고 드러눕는 것이다. 뭐, 꽤 많은 강아지들이 하는 흔한 개인기다.

하지만 엠마의 두 번째 개인기는 정말 특별하다. 다른 개들은 간식을 달라고 할 때 짖는다. 그럼 엠마는? 엠마는 재채기를 한다. 그야말로 동물병원 마스코트답지 않은가.

페이건 플레이스 봉 듀센버그 <small>Ch. Pagan Place Von Duesenberg</small>, 14

페이건 플레이스 봉 듀센버그. 무슨 이름이 이렇게 긴지. 자동차 회사 간부의 집에서 태어났다더니 이름에 자동차 회사 이름까지 들어 있다. 하긴 형 이름은 롤스로이스, 드로리언, 여동생은 지프였다고 했다. 반려인인 재니스는 페이건 플레이스 봉 듀센버그를 애칭으로 범퍼라고 부른다. 이 또한 자동차 부품에서 따온 건가 싶었는데 그건 아니었다. 녀석이 사람을 뒤에서 '쿵!' 하고 들이받는 것을 좋아해서 붙여진 별명이다.

지금 범퍼의 헤어스타일은 필리스 딜러(벼락을 맞은 듯한 헝클어진 헤어스타일을 했던 미국의 배우이자 희극인)가 돼 버렸다. 하지만 그렇지 않을 때도 있었다. 지금보다 더 바보 같아 보였던 때가 있었다는 얘기다. 범퍼는 도그쇼에 출전하는 푸들답게 쇼도그에게 요구되는 전형적인 우스꽝스러운 모습을 하고 있었다. 궁둥이 털은 다 밀어서 벌거숭이고, 털 방울 꼬리에, 얼굴은 털을 다 밀어서 휑했다.

사람들을 쿵쿵 들이받고 다니던 타고난 장난꾸러기 범퍼는 나이가 들고 백내장이 와서 보지 못한다. 하지만 별 불편함은 없다. 대소변을 보고 싶으면 딱 한 번만 '컹!' 짖으면 된다. 그러면 재니스가 달려와서 밖으로 데리고 나간다. 재니스가 범퍼 귀에 손을 얹고 안내하면 범퍼는 젊은 시절 쇼도그로 활약했을 때처럼 머리를 꼿꼿이 세우고 자신만만하게 걷는다. 달라진 게 있다면 도그쇼에서는 사람이 개를 따라가지만 지금은 범퍼가 재니스를 따라간다.

나이가 들었지만 범퍼는 도그쇼 무대에 섰던 한창 젊었을 때처럼 여전히 품위 있고, 여전히 당당하고, 여전히 매력을 내뿜는다.

"범퍼는 여전히 여자 개들에게 관심이 많아요."

새로운 견종의 출현, 테니스 공 사냥개

골다Golda, 14

골다는 웰시코기 종이지만 하는 짓을 보면 테니스 공 사냥개가 딱 맞다. 아니면 사냥감을 회수해 오는 능력이 탁월한 리트리버 잡종으로 좀 작은 노란 주둥이의 리트리버?

그런데 이 노란 주둥이의 테니스 공 사냥개는 약점이 있다. 소유라는 개념이 전혀 없고, 절도라는 개념에도 무지하여 범죄를 저지르기 일쑤고 협상을 좋아하지도 않는다. 무슨 말인가 하면 골다가 젊었을 적에는 녀석이 테니스장에 나타나면 대혼란이 벌어졌다는 말이다. 다른 사람의 테니스 공을 물고 사라지는 범행을 저지르기 일쑤였는데 돌려달라고 애원해도 협상이 결렬되기 십상이었다.

그뿐이랴. 애견 놀이터에서는 자신의 공을 쫓는 그레이하운드의 공을 앞서 달려가서 갈취하기도 했다. 어떻게 세상에서 제일 빠르다는, 그래서 경주견으로 이용되는 그레이하운드의 공을 뺏을 수 있을까? 골다는 직관력이 아주 뛰어날 뿐 아니라 '가져옴'의 물리학을 정확하게 알았다. 벡터, 호, 투사각, 회전력, 되튀는 정도, 지형의 매끄러움을 이해하는데 천재적인 소질이 있다는 말이다.

열네 살이 된 골다는 동작이 조금 느려지기는 했다. 하지만 여전히 있는 힘을 다해 공을 물어온다. 공을 사람의 발밑에 떨어뜨리고 난 뒤 돌아서 어느 정도 간 뒤에 뒤로 돈다. 그런 다음 머리를 낮추고, 엉덩이를 치켜든 채 공에 집중하면서 익숙한 소리를 낸다. 애원하듯 으르렁거리며 재촉하는 소리.

"자, 빨리, 빨리, 던지라고!"

새끼 새의 어미가 된 개

첼시|Chelsea, 13

사진 속 선한 눈빛의 개는 얼마나 매력적인가. 하지만 첼시의 진짜 매력은 다른 곳에 있다. 몇 년 전 스콧과 데니스의 집 뒷마당에 있던 지빠귀의 둥지가 까마귀의 습격을 받았다. 대학살의 현장에서 살아남은 건 갓 부화한 작은 새끼 새 한 마리뿐이었다. 둘은 새끼 새를 집으로 데리고 들어와서 설탕물과 이유식을 조심스럽게 먹이면서 돌봤고 새끼 새는 조금씩 기력을 찾아갔다. 새끼 새가 음식을 다 먹고 나면 첼시가 다가가서 새의 부리에 묻은 음식을 핥아 먹는 모습이 얼마나 예뻤는지.

새끼 새는 첼시의 물그릇에 담긴 물을 마실 정도로 몸이 쑥쑥 자랐고 튼튼해졌다. 이제 떠날 때가 된 것이다. 하지만 새끼 새에게 그 사실을 알려 주는 이가 아무도 없었다. 어미 새의 부재는 이런 문제를 일으킨다. 새끼 새는 개 엄마와 함께 지내는 것에 만족했다. 몸집이 좀 크지만 전혀 위협적이지 않으니까. 새끼 새는 첼시를 잘 따라서 첼시가 엎드리면 네 발 사이를 비집고 들어가 자리를 잡을 정도였다.

수의사는 "새를 집 밖으로 내보내면 날아갈 겁니다."라고 조언했지만 도움이 되지 않았다. 집 밖으로 날리자 새끼 새는 밖에 있던 첼시를 따라 마당을 총총거리며 뛰어다녔다. 몇 주가 흐른 어느 날, 마당에서 물을 마시던 첼시가 물그릇 가장자리에 앉아 있는 새끼 새를 한참 동안 쳐다보았다. 그러더니 앞발을 들어 새를 톡톡 치는 것이 아닌가. 첼시의 행동에 새끼 새는 날아갔고, 그 후 다시는 돌아오지 않았다.

"첼시가 새끼 새를 떠나보낼 때를 알고 있었던 것 같아요. 아마 새끼 새도 그때쯤 떠나야 겠다고 생각하고 있었겠죠. 그렇게 떠나보냈고, 떠났습니다."

미국에서 가장 큰 집고양이
제퍼Zephyr, 11

뭐든 겉모습만 보고 판단해서는 안 된다. 하지만 대형 견종인 그레이트데인 제퍼는 겉모습만 봐도 전형적인 동네 바보 형이다. 제퍼는 뒷마당에서 벌어지는 두더지잡기 게임에서도 늘 다람쥐에게 당한다. 다람쥐들이 땅에서 머리를 쑥 내밀고 사라진 다음에야 제퍼는 굼뜨게 이리저리 움직인다.

제퍼는 미국에서 가장 큰 집고양이기도 하다. 고양이처럼 쉽게 상처 받고, 무관심하며, 조금 초연한 면도 있지만 배려받는 게 당연하다는 도도한 면도 있다.

"제퍼는 공손하게 말하지 않으면 아침을 먹으러 오지 않아요. '제퍼! 아침!'이라고 소리쳐 봤자 소용없죠. 대신 '아침상 대령해 놓았습니다.'라고 정중히 말하거나 '우리와 함께 아침을 드시겠습니까, 부인?'이라고 말해야 겨우 움직이죠."

게다가 개답지 않은 냉정한 면도 있다.

"사흘 동안 여행을 다녀왔는데, 돌아온 날, 문을 열고 집 안으로 들어왔는데 제퍼는 그냥 침대에 누워 있었어요. 맞아 주지도 않더라고요. '어, 왔네.'라며 쳐다보는 것 같았어요. 그때 우리 기분이 어땠는지 아세요? 우리가 제퍼 집에 얹혀사는구나. 딱 그 느낌이었어요."

성인이냐, 분리불안 강아지냐!
부Boo, 10

사진 속 부는 평화와 궁극의 깨달음을 얻은 성인의 얼굴이다. 시대를 초월한 현자의 얼굴. 삶의 의미는 무엇인지, 생사를 뛰어넘는 영원한 진리에 대한 해답을 줄 수 있을 것 같다.

하.지.만, 현실은, 부가 지금 깔고 앉아 있는 것은 클리포드(책, TV 시리즈의 주인공으로 유명한 몸집이 큰 빨간 강아지) 담요고, 부는 이 담요가 잠시라도 없으면 쩔쩔 매는 담요 분리 불안 강아지다.

니콜Nicole, 11 | 소피Sophie, 11

니콜과 소피는 뉴욕 맨해튼의 부자 동네에 버려져 있다가 구조됐다. 둘은 한배에서 태어난 자매여서 많이 닮았다. 특히 얼굴은 거울에 비친 것처럼 거의 똑같은데 신기하게도 털 색깔의 조합은 정반대다.

이 부자 동네 사람들은 반려견 혈통에 대한 자부심이 대단하다. 길거리에서 처음 보는 개를 만나면 꼭 견종과 혈통에 대해 묻는다. 니콜과 소피를 입양한 수잔나는 처음에 솔직하게 버려진 개를 입양했다고 말했다가 그들의 반응을 보고 마음을 바꿨다. 견종이 마구 섞여서 '완벽하게 모호'한 니콜과 소피의 혈통을 솔직하게 말하자 무시하는 게 느껴졌기 때문이다. 진실이 소용없는 곳이었다.

"그래서 제가 새로운 견종을 하나 만들어 냈어요. 니콜과 소피의 조상은 라트비아에서 사슴을 사냥하던 사냥견으로 라트비안엘크하운드Latvian elkhounds라는 견종이라고 말하고 다니기 시작했죠."

세상에 단 하나뿐인 이런 멋진 견종이라니! 이후 니콜과 소피 자매의 혈통에 대해 시비를 거는 사람은 없었다고.

순둥이 먹보 동네 바보 형
사샤Sascha, 15

사샤는 자기가 고양이인 줄 아는지 평생 이름을 불러도 절대로 오지 않았다. 지금이야 늙어서 귀가 안 들린다고 하지만 귀가 멀쩡할 때도 사샤는 사람이 부르는 소리에 반응하지 않았다. 가족이 불러도 마찬가지였다. 가족이 불러도 꿈쩍하지 않는다니 성미가 참으로 고약하지 않은가. 가족들은 궁여지책으로 하나라도 걸리기를 바라며 수만 가지 이름으로 불러봤다. 닌자, 쿨리, 모모, 덩치, 곰곰이, 보보, 모세, 피그맨, 스키피, 미친개 등등. 하지만 사샤는 이 모든 호칭에 반응하지 않았다.

사샤가 평생 반응한 문장은 오로지 이거 하나뿐이었다.

"맘마 먹자!"

"사샤는 완전 먹보예요. 펜도 씹어 먹고 사탕 봉지도 먹어요. 크리넥스는 사샤가 좋아하는 간식이고요. 그간 사샤가 똥으로 배출한 것만 해도 어마어마하지요."

사샤가 먹지 않는 것도 있을까? 돌은 먹지 않는다니 다행이라고 해야 할까.

사샤는 순하고 상냥하고 동네 바보 형 같은, 사랑할 수밖에 없는 개다. 그런 사샤가 평생 딱 한 번 화를 낸 적이 있다. 물론 먹는 것과 관련이 있다. 반려인인 스콧이 장난으로 사샤의 밥그릇에 얼굴을 가까이 대고 밥을 뺏어 먹는 시늉을 했기 때문이다. 가족들은 그날 이후 절대로 사샤에게 음식으로 장난치지 않는다.

블루는 나를 필요로 하고, 나는 그런 블루를 필요로 한다
블루Blue, 14

리사는 9년 전 유기동물 보호소에서 블루를 입양했다. 그때 리사는 블루에게서 들판을
자유롭게 돌아다니는 들개의 모습과 깊은 슬픔을 봤다. 우울증을 앓는 자신과 같은.

당시 블루가 갇혀 있던 보호소 철창 앞에 목양견인 텍사스블루힐러 잡종견이라고 쓰여
있었다. 그런데 텍사스블루힐러Texas blue heeler의 철자가 잘못돼서 'heeler'가 'healer(치유하
는 자)'라고 적혀 있었다. 그걸 보고 입양을 결정했다.

"우울증이 있는 사람들은 얌전한 개를 별로 좋아하지 않아요. 좀 활발하고 엉뚱한 아이와
살기를 원하죠. 저도 그랬는데 블루와 살고 있네요. 블루는 멋지고 상냥하고 생각이 깊지
만 조금 우울해 보이기도 해요. 제가 직장에서 돌아오면 블루는 오직 제게만 집중하죠. 블
루에겐 제가 필요해요. 물론 저는 저를 필요로 하는 블루를 절실하게 필요로 하고요."

블루는 현재 암 투병 중이다. 리사는 호스피스 병동에서 일을 하고 있어서 줄곧 누군가
의 삶의 마지막을 보살피는 일을 해왔다. 하지만 블루에게는 어떻게 해야 할지 갈피를
잡지 못했다.

리사는 블루를 따라해 보기로 했다. 블루가 리사에게 집중하는 것처럼 리사도 오로지 블
루에게만 집중해 보기로 한 것이다. 마사지 치료사인 리사는 밤마다 블루의 엉덩이를 마
사지하면서 블루의 통증이 줄어들기를 바라고 있다. 지금으로선 이걸로 충분하다.

버피 Buffy, 14

애니카의 가족은 《워싱턴포스트》에 실린 광고를 보고 강아지였던 버피를 입양했다. 그래서일까. 버피는 마치 은혜를 갚으려는 듯 스스로를 가족을 위한 '신문배달부'로 여긴다. 애니카의 계산에 따르면 버피가 《워싱턴포스트》를 아침마다 가족에게 배달한 횟수가 4,013번에 달한다.

"버피는 심지어 피곤할 때도 신문배달을 해요. 요즘은 나이가 들어서 힘에 부치지 않을까 걱정인데 오히려 신문배달이 버피를 더 기운 나게 하는 것 같기도 합니다. 마치 출근 도장 찍듯이 신문을 가지러 나간다니까요. 우리가 현관문을 열어 주면 버피는 대포알처럼 달려 나가죠. 버피는 물론이고 가족 모두 그게 버피의 일이라는 걸 잘 알고 있어요."

버피의 친구이자 반려견인 쿠키도 끼어들지 않고 버피가 자신의 일을 완수할 때까지 기다려준다.

"사진에서는 신문을 물고 오는 버피만 볼 수 있는데, 사실 그게 다가 아니에요. 버피는 신문을 물고 빠른 걸음으로 돌아오다가 잠시 걸음을 멈춰요. 그런 다음 문 것을 격렬하게 좌우로 흔들어 신문을 담은 비닐을 찢어 버리죠. 반드시 그 절차를 거친 후에야 신문이 우리에게 배달된답니다."

코비는 모나리자와 똑 닮았다

코비|Kobi, 13

사진 속 코비가 모나리자와 닮은 점은?

1. 하는 일 없이 시간을 보낸다.
2. 두 눈이 방을 서성이는 사람을 따라다닌다.
3. 표정에서 다양한 감정을 읽을 수 있다. 코비가 심술이 났다거나 수심에 잠겼다고 생각하는 사람도 있지만, 완전 평온하고 만족스러운 거라고 생각하는 사람도 있다.

위의 세 문항 중 정답은 뭘까? 하나일 수도 있고 전부 다일 수도 있지만 알려 주지 않을 것이다. 레오나르도 다빈치도 그랬으니까.

매직Magic, 11

사모예드는 시베리아에서 썰매를 끌고 순록을 사냥하거나 모는 일을 하던 견종이지만 현대 도시에 사는 사모예드인 매직에게는 일어날 수 없는 일이다. 대신에 다람쥐를 몬다. 동물을 모는 일은 모름지기 잘못된 장소로 가는 동물을 제자리로 보내는 일이다. 매직은 다람쥐에게 잘못된 장소는 땅이고 제자리는 나무라고 생각한다. 그래서 땅에 있는 다람쥐만 보면 제자리인 나무 위로 보내려고 갖은 애를 쓴다. 다람쥐를 제자리로 보내는 일은 매직에게 내려진 임무이자 숙명과도 같은 것이다.

어느 날 공원에서 산책을 하고 있는데 매직이 갑자기 짖으면서 땅을 긁기 시작했다. 그러더니 반려인인 로브에게 달려왔다가 다시 땅을 긁던 곳으로 달려갔다. 로브는 매직의 이런 행동이 〈명견 래시〉의 래시가 하듯 자신에게 도움을 요청하는 것이라고 생각했다. 로브가 달려가 보니 매직의 발이 가리키는 곳에 아주 작은 새끼 다람쥐 한 마리가 있었다. 둥지에서 떨어진 것 같았다.

로브는 티셔츠 주머니에 새끼 다람쥐를 집어넣고는 급히 동물구조센터로 차를 몰았다. 옆에 탄 매직은 걱정이 되는지 끙끙 앓는 소리를 냈다. 이 표현으로는 부족할 정도로 전전긍긍했다. 동물구조센터에 도착한 다람쥐는 다행히 목숨을 구했다.

오늘도 매직은 다람쥐를 쫓아다닌다. 다람쥐가 제자리를 벗어나지 않도록 자신의 임무를 다해야 하기 때문이다. 매직은 다람쥐몰이견이고, 영원한 다람쥐 지킴이다.

피가로Figaro, 11

피가로는 무려 미스터리 소설의 주인공이다. 그것도 시체를 발견하는 개라니!

피가로는 미국의 수도 워싱턴의 부촌에 살며, 가장 좋은 동물병원에 다닌다. 턱에 완치가 어렵고 고통스러운 병인 흑색종이 생겼는데도 수술과 치료를 이어간 덕분에 살아남았다. 어마어마한 병원비를 감당할 수 있는 사람 가족이 있는 건 행운이다. 턱 수술 후 축 늘어진 혀가 입 사이로 삐져나온 건 유감이지만 가족과 함께 오래 더 살 수 있으니 그런 것은 문제가 되지 않는다.

피가로가 사는 동네의 아래 동네는 미스터리 소설가 로버트 앤드루스를 비롯해 몇몇 유명 작가들의 고향이기도 하다. 앤드루스는 작지만 혈기 왕성한 피가로를 좋아했고, 2002년에 출간한 그의 소설 《계약 살인 _A Murder of Promise_》에 피가로를 등장시켰다.

> 그녀가 커피를 홀짝이며 이른 아침의 나른함을 즐기는 동안 피가로는 R가街가 내려다보이는 언덕 위에서 코를 킁킁거리다가 오줌을 쌌다. 그때 갑자기 피가로가 맹렬하게 목줄을 잡아끌더니 큰 나무로 만들어진 울타리 뒤로 사라졌다.
>
> "이리 와."
>
> 그녀는 목줄을 홱 잡아당겼다. 하지만 피카로는 낑낑거리며 더 깊이 들어갔다. 그녀는 고양이나 다람쥐를 봤나 보다 생각했다.
>
> 잠시 후 피가로는 주둥이에 피를 묻힌 채 나타났다.
>
> — 《계약 살인》 중에서

자동차와 합체하면 천하무적

루시 | Lucy, 12

강아지였을 때 루시는 못 먹는 음식이 없었다. 신발, 소파, 쿠션, 천 등 뭐든지 먹어치웠다. 그런 걸 먹으면 몸에 좋지 않다는 생각에 반려인인 린다는 걱정했지만, 루시를 멈추게 할 방법이 없었다. 그래서 유명한 개 교육서《왜 착한 개들이 나쁜 짓을 할까 *Why Good Dogs Do Bad Things*》를 샀다. 루시는 그 책도 먹어치워 버렸다.

"전 루시가 책을 먹어치우고 남은 잔해를 상자에 넣고는 '이제 어떻게 하면 될까요?'라는 쪽지를 써서 저자에게 보내기도 했어요. 답장은 받지 못했지만요."

그런 루시도 나이가 들면서 뭐든 먹어치우는 습성이 사라졌다. 폭식이 사라지고, 문제행동도 하지 않는다. 그런데 다른 문제가 생겼다. 갑자기 너무 얌전해지고 소심해진 것이다. 산책할 때 덩치가 크거나 사나워 보이는 개 또는 낯선 개와 마주치면 제대로 걷지도 못한다. 별수없이 차에 태우고 산책을 나간다.

루시는 차 안에 있을 때 더할 나위 없이 행복해 보인다. 머리를 창문 밖으로 빼고, 흘러내리는 침은 부는 바람에 날려 보낸다. 물론 많은 개가 드라이브의 즐거움을 안다. 하지만 루시는 좀 다른 것 같다고 린다는 말한다. 강하고 거대한 힘을 느끼는 것 같다고.

"루시는 차를 타면 안정감을 느끼면서 기운이 솟는 것 같아요. 자기를 감싸고 있는 900킬로그램이 넘는 금속 안에서 안정감을 느끼는 거죠. 차 안에서는 몸집이 자기보다 두 배나 큰 개가 지나가도 막 짖고, 이빨을 드러내며 으르렁거려요. 자기가 천하무적이라고 느끼는 거죠."

클레오파트라 해바라기 Cleopatra Sunflower, 13

바셋하운드 종인 클레오는 강아지 때 치료견으로 활약했다. 약물 남용 치료 프로그램 중인 열세 살 소녀와 한 팀이었다. 소녀가 약물을 멀리하는 동안만 치료견과 함께할 수 있는 프로그램이었는데 안타깝게도 소녀는 규정을 지키지 못했고 클레오가 한 살도 되기 전에 헤어져야 했다. 클레오를 입양한 마이클과 아니타는 소녀가 지어 준 이름을 그대로 부르기로 했다.

한 번 치료견은 영원한 치료견인가 보다.

"어느 날 클레오와 산책을 나갔어요. 산책을 하는데 어린 여학생이 인도에 주저앉아서 울고 있는 거예요. 그때 클레오가 학생에게 다가가더니 학생의 목 주변에 발을 턱 올리더라고요. 학생은 '개가 절 껴안아 줬어요.' 하면서 계속 울더라고요."

아니타의 어머니는 클레오의 가장 큰 재능은 그게 아니라고 한다.

"제가 오페라 음악을 감상하고 있을 때였어요. 벨리니의 《노르마》 중 〈정결한 여신〉이라는 곡이었죠. 제가 흘러나오는 노래를 따라 부르고 있었는데 어느 순간 클레오가 노래를 함께 부르고 있더라고요."

클레오가 내는 소리는 개가 으르렁거리는 소리가 아니었다.

"제가 음을 높여 부르면 클레오도 따라서 음을 높이고, 제가 음을 낮춰 부르면 클레오도 음을 낮춰요. 클레오는 메조소프라노예요. 정말 대단하지요."

가족은 클레오가 노래를 부르면 칭찬을 아끼지 않았다. 클레오는 이제 가족이 요청하면 노래를 불러 주는 수준이 됐다.

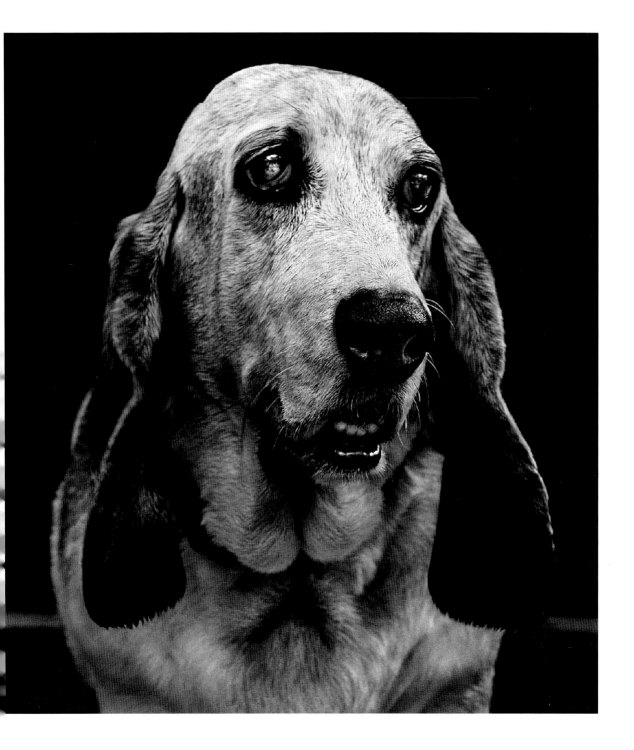

비퍼 Vipper, 11

비퍼는 뒷마당에 있는 수영장을 썩 좋아하지 않는다. 왜냐하면 비퍼의 반려인인 스티브와 마저리가 비퍼를 자꾸 수영장에 빠뜨리기 때문이다. 그때마다 비퍼는 최대한 빨리 발을 놀려 물에서 나오려고 계단이 있는 쪽으로 헤엄친다.

비퍼가 수영을 좋아하지 않는데도 그들은 왜 그러는 걸까? 여기엔 아픈 사연이 있다. 그들은 몇 년 전 비퍼와 같은 종인 잭러셀테리어 빌리와 살았다. 그런데 어느 날 밤, 그들은 뒷마당에 나갔다가 수영장에 익사한 채 떠 있는 빌리와 너구리 한 마리를 발견했다. 아마도 빌리가 너구리와 싸우다가 물에 빠졌는데, 미처 물 밖으로 빠져 나오지 못한 것 같았다. 안타까운 건 빌리의 사체가 밖으로 나올 수 있는 계단에서 얼마 떨어지지 않은 곳에 떠 있었다는 점이다. 조그만 더 헤엄쳤으면 살 수 있었을 텐데….

그래서 스티브와 마저리는 여름이 시작될 때면 어김없이 비퍼를 수영장에 빠뜨린다. 어느 곳에 빠질지 모르니 이곳저곳 여러 곳에 여러 자세로 빠뜨린다. 비퍼가 수영장 어느 곳에서 어떤 자세로 빠지든 자신의 힘으로 계단까지 안전하게 헤엄칠 수 있어야 하기 때문이다. 비퍼를 빌리처럼 아프게 잃고 싶지 않은 그들의 마음을 알아주기를 바라면서.

인디Indy, 10

셰럴은 그레이하운드 무리가 질주하고 있는 오래된 경견 영상을 돌려보면서 인디를 쓰다듬었다. 영상 속에서 니드포스피드라는 이름의 개가 무리에서 벗어나 1등을 쫓아 막판 질주를 했지만 2위로 골인했다.

"그 영상을 보다가 고개를 돌려 베개 위에서 편안히 쉬고 있는 인디를 봤어요. 같은 개가 맞나 싶더라고요."

경견 챔피언을 지낸 영상 속 인디는 이제 소파에 누워 빈둥거리는 반려견이 됐다. 네 살이 되면서 다리에 힘이 약해져 더 이상 돈을 벌 수 없게 되자 버려졌고 셰럴에게 입양됐다.

"경주견이 반려견으로 변하는 과정은 놀라웠어요. 처음엔 배를 쓰다듬는 것이 뭔지도 모르더라고요. 뽀뽀를 어떻게 하는지도 몰랐죠."

4년 동안 경견 선수로 살면서 인디는 단 한 번도 진짜 이름을 가져본 적이 없었고, 누군가의 사랑을 받아본 적도 없었다. 그저 누군가의 돈벌이를 위해서 훈련을 하고 뛰었을 뿐이다. 하지만 이제 인디는 매일 셰럴이 집에 도착하기 2분 전이면 창가에 와 앉아서 기다리는 반려견이 됐다. 어떻게 인디가 그 시간을 정확히 아는지는 알 수 없다.

밤마다 셰럴은 인디와 함께 2층 침실까지 경주를 한다. 침대에 먼저 가 닿는 선수가 승자다. 시합은 인디의 습관대로 셰럴이 먼저 달리면 인디가 뒤따르는 식으로 시작된다.

"인디는 자기가 이기면 이겼다는 걸 알아요. 엄청 으스대며 걷는다니까요."

스모키|Smokey, 16

스모키의 얼굴을 보면 스타워즈의 주인공 얼굴이 여럿 보인다. 반려인인 제시카에게 스모키가 스타워즈에 나오는 원숭이를 닮은 털북숭이 우키를 닮았다고 하자 그녀는 생각이 다른 모양이었다.

"사실, 스모키는 스타워즈의 이워크를 더 닮았다고 하던데요. 하긴 둘이 비슷하긴 하지만요."

스모키는 8년간 오닉스 보석을 닮은 칠흙 같은 털색 때문인지 오닉스라는 이름으로 살다가 버려졌다. 제시카가 입양할 당시에는 까맣던 털색이 회색으로 바뀌어 있어서 이름을 스모키라고 바꿨다.

재미있는 건 스모키는 암컷인데, 자신의 성 정체성을 부정한다는 것이었다.

"수컷이 되고 싶은지 다리를 들고 볼일을 봐요. 거의 한두 걸음 걷기가 무섭게 또 다리를 번쩍 들고 영역표시를 하죠."

하지만 그런 행동을 보이는 암컷은 종종 있다. 또 다른 행동은 없을까?

"스모키는 제 속옷만 갖고 달아나요. 남편 속옷에는 관심도 없다니까요. 게다가 고양이에게 올라타기도 해요. 정말, 민망하게!"

오케이, 인정!

늙어도 성질머리는 바뀌지 않는다

맥스 Max, 14

장모종 닥스훈트 맥스는 자신이 소형견 중에서도 유난히 체구가 작다는 걸 모른다. 몇 년 전, 가족이 어떤 동물의 위협을 받고 있다고 느낀 맥스는 용감하게 그 동물의 코를 물었다. 그 동물은 말이었다. 말에게 걷어차여서 죽지 않은 게 다행이다. 그 일 이후 그 말은 맥스를 파악했는지 가까이 오지 않았다.

그런데 이런 맥스의 가공할 만한 용기도 여느 반려동물처럼 병원에서는 무용지물이다.

"동물병원에 가면 정말 창피해 죽겠어요. 얼마나 무서워하는지 낑낑대고, 울고, 덜덜 떨고, 안절부절못해요. 난리, 난리, 그런 난리가 없죠."

맥스의 공격적인 면모는 나이가 들면서 좀 수그러들었지만 아직도 여전하다. 근데 그 공격성이 뭐랄까 노인 특유의 까탈스러움과 심술궂음으로 변했다.

"맥스가 요즘 노인네처럼 짜증을 잘 내요. 산책을 나가고 싶으면 나가자고 표현하면 제가 다 알아듣는데 그러지 않고 제게 경고를 해요. 빨리빨리 준비하지 않으면 가만두지 않을 거야, 으르렁!"

불행하지 않으면 됐다

케이티 Katie, 11

케이티는 세계적으로 유명한 사진작가 샐리와 버지니아 시골 마을의 농장에서 산다. 자연 속에서 목가적인 생활을 하고 있고, 다섯 마리의 개 친구도 있다.

"우리는 케이티를 좋아할 수가 없어요. 성격이 정말 안 좋거든요."

나이 든 개가 얼마나 멋진가에 대해서 알려 주는 책인데 이걸 어쩌나.

"그레이하운드 구조단체 사람들이 그러더라고요. 이 개를 데려가지 말라고. 몇 번 입양을 갔는데 모두 파양됐다고. 애정을 주기가 쉽지 않다고 말했대요. 특히 사람 베개에 응가를 자주 했대요. 그래서 녀석을 데려왔어요. 절대 입양 가지 못할 것 같아서요."

그래도 케이티에게 장점이 하나라도 있지 않을까?

"케이티는 속을 알 수 없을 때가 많고, 엉큼하기도 해요. 아마 부엌 카펫에 여러 번 오줌을 싼 녀석도 케이티일 거예요. 그게 그 녀석다운 짓이거든요."

아, 그래도 사랑스러운 점이 있으니 함께 사는 게 아닐까?

"털이 정말 많이 빠져요. 입 냄새도 지독하고, 몸 냄새도 대단하죠. 케이티가 말똥을 사랑해서 말똥으로 다이빙을 하거든요. 그 말똥 냄새를 집 안에 풍기고 다니니 할 말 다했죠."

그럼에도 불구하고 케이티를 사랑한다는 걸까?

"케이티는 구조되기 전에 학대를 당했어요. 현재 우리 집에서는 절대로 일어날 수 없는 일이죠. 그러니 절대 불행하지 않을 거예요. 케이티가 불행하지 않으면 그걸로 충분하지 않나요?"

맞다. 그걸로 충분하다.

미스터 스팅키 Mr. Stinky, 14

"녀석의 진짜 이름은 루이지예요. 하지만 가족들은 미스터 스팅키(stinky는 '악취가 나는' 이라는 뜻의 형용사)라고 불러요. 몸을 더럽히는 데 명수거든요. 사람들은 요크셔테리어 가 몹시 깔끔하다고 하지만, 그건 요크셔테리어가 테리어 종이라는 걸 몰라서 하는 말 이에요. 원래 테리어 종은 땅속이나 광산으로 들어가 쥐, 여우 등을 사냥하던 사냥개거 든요. 그러다 보니 아무데나 파고 뒹굴고 난리죠. 더러워서 일주일에 한 번은 목욕을 시 켜야 할 정도예요."

몇 년 전 야외 카페에 반려인인 줄리아나와 함께 있던 스팅키는 예상치 못한 큰 사냥감 을 잡았다.

"스팅키를 무릎에 안고 앉아 있었어요. 그때 한 남자가 제 핸드백을 훔치려고 손을 뻗었 는데 그때 스팅키가 남자의 손을 있는 힘껏 물고는 놔주지 않았죠. 남자의 손에서 피가 흘러내렸어요."

경찰이 도착할 때까지 스팅키는 남자를 꽉 물고 있었고, 경찰이 왔는데도 문 걸 놓지 않 아서 경찰이 힘겹게 떼어냈다. 남자는 맹견을 데리고 다니는 줄리아나를 당장 체포하라 고 고함을 질러댔다.

"그러자 경찰관이 그 남자에게 말했어요. 당장 당신을 체포할 수도 있지만, 핸드백을 훔 치려다가 3킬로그램도 안 되는 개에게 물려서 잡힌 이야기를 수감자들이 들으면 당신에 게 무슨 일이 일어날지 책임질 수 없다고. 그러자 남자는 슬그머니 사라졌죠."

숀 코네리도 보기 힘든 윈스턴의 예쁜 눈

윈스턴Winston, 13

윈스턴은 비어디드콜리 종이다. 비어디드콜리는 긴 털이 눈과 얼굴을 다 덮고 있는 양몰이 개로 스코틀랜드에서 유래했다. 유명한 배우인 숀 코네리도 스코틀랜드 출신이다. 몇 년 전 뉴욕의 파크 애비뉴에서 윈스턴은 자기와 동향 출신의 유명한 배우를 만났다. 코네리는 금세 고향 친구를 알아봤고, 둘 사이에는 순식간에 유대감이 형성됐다. 숀은 털 사이에 숨어 있는 윈스턴의 눈과 마주하고 싶어서 뉴욕의 거리에 쪼그려 앉기까지 했다. 숀만 그런 게 아니라 실제로 비어디드콜리와 시선을 맞추는 일은 쉽지 않다. 길게 내려와 얼굴을 다 덮고 있는 앞머리 털이 예쁜 두 눈을 가리기 때문이다. 양을 몰 때 강한 바람으로부터 눈을 보호하기 위해 이런 외양을 갖게 됐다. 그래서 윈스턴의 사진을 보면 모두 다 녀석의 두 눈이 보이지 않는다.

반려인인 패트릭은 윈스턴의 눈이 보이는 사진이 한 장도 없어서 속상해했다. 그래서 이번에 최초로 윈스턴의 예쁜 눈이 보이는 사진에 도전하기로 했지만 쉽지 않았다. 두 눈을 가리고 있던 털을 빗질해서 올리면 내려오고, 또다시 올리고…. 계속 귀찮게 하자 윈스턴은 신경질을 내기까지 했다. 윈스턴에게는 미안하지만 마침내 윈스턴의 눈이 보이는 사진을 패트릭에게 선물할 수 있게 됐다. 세계적인 스타도 보기 힘들었던 윈스턴의 두 눈, 정말 예쁘지 않은가?

스스로를 사랑하고, 누군가를 사랑한다
리도Lido, 16

리도는 대단한 개인기를 갖고 있었다. 누가 봐도 믿기 힘들 정도로 깜짝 놀랄 만한 개인기다. 세상 어디에도 리도처럼 물구나무를 서서 뺨을 바닥에 대고 발끝을 쭉 펴면서 엉덩이를 공중으로 높이 치켜드는 개는 없기 때문이다. 저러다가 고꾸라져서 다칠까 봐 걱정이 될 정도의 어마어마한 개인기. 반려인인 페넬로페가 "리도, 물구나무 서 볼까!"라고 하면 리도는 바로 얼굴을 바닥에 댄다. 그러나 리도는 더 이상 그런 묘기를 부리지 않는다. 당연한 거 아닌가. 리도 나이가 몇인데….

나이가 들면서 리도는 폐가 약해져서 물구나무를 서려는 자세만 취해도 당장 기침을 하고 헐떡거린다. 페넬로페는 개 교육 전문가인데, 리도가 나이 들면서는 아무것도 가르치지 않는다.

9년 전 페넬로페에게 오기 전에 리도는 많은 이별을 겪었다. 어린 시절부터 함께 살았던 리도의 첫 반려인은 에이즈로 떠났다. 그 후 리도는 가장 친했던 개 친구 메이시를 잃었다. 페넬로페에게 입양된 후 페넬로페의 개 조지아와 친구가 됐는데 조지아마저 얼마 전에 떠났다.

"리도는 많은 것을 잃었지만 만남 뒤에는 이별이 있다는 사실을 받아들이는 것처럼 보여요. 리도는 언제나 그 자리를 지키죠. 스스로를 사랑하고, 단호한 구석이 있어요. 무엇보다 언제나 사랑할 누군가가 있다는 사실을 잘 알고 있죠."

럭키네 세탁소
럭키 Lucky, 13

세탁소 손님들은 매정하게도 카운터 위에 세탁물을 툭 던지고 지나갈 뿐 주인과 눈을 마주치지 않는다. 대신 손님들은 세탁물 바구니 구멍 사이로 기대에 찬 눈빛을 쏘는 개에게 눈을 맞추고는 간식을 내민다. 그렇게 많은 단골손님이 대식가인 럭키의 간식을 챙긴다.

"손님들이 럭키에게 줄 과자나 핫도그를 챙겨 와요. 그뿐인가요. 햄버거, 샌드위치, 럭키가 좋아하는 페퍼로니도 많이 가져오죠. 가게 주인인 전 투명 인간 같다니까요."

럭키는 주로 럭키를 위한 작은 침대가 놓여 있는 계산대, 접수대, 재봉 공간 등에 머문다. 사람들은 그 옆을 지나가면서 럭키에서 인사를 잊지 않는데, 그 순간 주인은 다시 투명 인간이 된다.

"손님들은 '잘 있어, 럭키!', '다음에 봐, 럭키!', '보고 싶을 거야, 럭키!'라고 인사를 하며 지나가요. 럭키 이름은 그렇게 많이 불러 주면서, 아마 제 이름은 모를걸요. 세탁소 이름을 럭키네 세탁소로 바꿀까 봐요."

독사진 불가 투트

투트Toot, 14

투트는 지혜로운 자의 얼굴을 하고 있다. 털색은 코에서 귀까지 서서히 우윳빛으로 변하고, 검은 테를 두른 듯한 두 눈이 백내장으로 뿌옇게 변해도 눈은 더 영롱하고 시선은 더 마음을 꿰뚫어 보는 것 같다.

"투트의 눈은 모든 걸 알고 있는 눈 같아요. 그냥 쳐다보는 게 아니라 마음속을 들여다본다니까요."

반려인 모니카는 투트가 열한 살 때 로트와일러 새끼를 입양했다. 이름은 쿠리. 투트는 어린 쿠리에게 개로 산다는 게 어떤 것인지 가르쳐 주는 선배고 스승이었다. 그랬던 둘의 관계가 이제 조금 변했다. 쿠리는 투트에게 배운 대로 개의 방식으로 자신의 역할을 톡톡히 하고 있다.

쿠리는 서서히 활력을 잃고 걸음이 느려지고 두 눈이 침침해진 투트 옆에 항상 붙어 있다. 둘이 함께 있는 매 순간의 소중함을 알고 있는 듯한 행동이다. 개는 죽음을 알까? 전문가들은 개는 죽음을 모른다고 하지만, 글쎄 그럼 늙은 투트를 곁에서 챙기는 쿠리의 이런 행동을 어떻게 이해해야 할까? 덕분에 우리는 투트가 혼자 있는 모습을 사진에 담을 수 없었다. 투트 옆을 지키는 쿠리를 구슬려 떼어 놓을 방법이 도저히 없었기 때문이다.

사진작가가 물린 날

다저Dodger, 13

사진 찍는 날, 웨스트하일랜드테리어 다혈질 다저의 하루.

4시 : 사진작가가 조수와 함께 다저네 집에 도착. 다저가 사진작가의 발을 물었고, 이빨이 신발을 관통했다. 반려인인 힐러리는 걱정하지 말라고, 다저는 착한 개인데 사람들이 오해하는 거라고 말한다.

4시 1분 : 다저가 사진작가의 오른손을 물었다. 피부에 상처가 났다.

4시 9분 : 사진 촬영 시작.

4시 11분 : 다저가 사진작가의 왼손을 물었다. 이번엔 깊숙하게 물려 피가 많이 나자 조수가 안절부절못하고 난리가 났다.

4시 12분 : 힐러리는 응급처치를 하면서 아버지에게 알린다. "다저가 사진작가를 물었어요." 아버지가 신문에서 눈도 떼지 않은 채 말한다. "응, 그래."

4시 17분 : 힐러리는 지혈을 하면서 다저가 나쁜 개가 아니고, 무는 건 싫다는 표현이라고 설명한다. 아버지는 사진작가에게 물린 거 걱정하지 말란다. 자신도 어제 물렸다고.

4시 26분 : 지혈 작업 완료.

4시 28분 : 사진 촬영 재개. 사진작가는 다저의 기막힌 표정을 포착했다. "어이, 잡식동물 다저! 너, 아직도 내 살점을 물어뜯고 싶은 거지?"

옷을 입어야 공작부인이 되지

더치스Duchess, 10

노견을 사진에 담는 이번 프로젝트를 진행하면서 어떤 개에게도 옷을 입혀서 찍지 않겠다는 원칙을 세웠다. 그런데 이 원칙은 더치스에 의해 깨졌다.

미니핀 더치스(공작부인이라는 뜻이다)를 만난 날. 담배를 물지 않은 배우 그루초 막스, 안경을 쓰지 않은 우디 앨런, 우스꽝스러운 모자를 쓰지 않은 카르멘 미란다의 모습을 카메라에 담기 힘든 것처럼 옷을 입지 않은 더치스의 모습을 카메라에 담기가 어렵다는 사실을 깨달았다. 옷을 입지 않은 더치스는 우스꽝스러운 모자를 쓰지 않은 카르멘 미란다 같았다.

"더치스는 할로윈 때 무당벌레, 스컹크, 토끼, 무용수, 피터팬, 마법사 분장을 했어요. 추울 때는 어릿광대 복장도 하고, 바바리 재킷, 표범 무늬 재킷도 입고요."

작지만 날렵한 체형의 미니핀인 더치스는 자기 같은 소형견은 옷을 갖춰 입었을 때에만 사람들이 관심을 보인다는 것을 안다. 그리고 그런 관심을 즐길 줄 안다.

"그래서인지 더치스는 귀족처럼 행동해요. 사람들을 자기 신하쯤으로 생각하죠."

그건 알겠는데, 도대체 더치스의 옷값으로 얼마나 쓰는 걸까?

"아마 수백만 원은 넘게 썼을 거예요. 네, 네, 알아요. 좀 많죠?"

작은 개 안에 엄마, 언니, 번스 씨가 산다

비비 B.B., 13

사람은 개보다 오래 산다. 워낙 그렇다. 하지만 그렇지 않은 경우도 있다.
죽으면 모든 것은 사라진다. 하지만 그렇지 않은 경우도 있다.

10년 전, 간호사인 나오미는 교통사고로 반려견을 잃은 지 얼마 되지 않아, 담당 환자인 번스 씨도 떠나자 깊은 슬픔에 빠졌다. 그때 번스 씨의 딸이 나오미에게 페키니즈 강아지를 선물했다. 그렇게 비비는 깊은 슬픔을 뚫고 나오미에게 왔다.

그런데 10년 후 나오미가 비비 곁을 떠났다. 나오미의 딸들은 남은 비비를 데려가서 함께 살 생각이 없었다.

"전 싱글이고, 사귀는 사람도 없어요. 계속 그렇게 자유롭게 살고 싶었죠. 무엇에도 얽매이면서 살고 싶지 않아요."

이랬던 딸 뷸라가 결국 비비를 데려왔다. 뷸라는 비비와 함께 살며 비비 안에 엄마 나오미가 여전히 살아 있음을 알게 됐다. 엄마뿐인가. 친절한 번스 씨도 그 작은 개 안에 살아 있었다. 얼마 전 암으로 죽은 뷸라의 언니, 조 넬도 비비 안에 있다. 비비는 조 넬의 반려견과 함께 노는 걸 좋아했다. 비비의 그 작고 납작한 얼굴 안에 많은 가족이 아로새겨져 있고, 많은 기억이 뒤엉켜 있다.

"비비가 하면 안 되는 행동을 할 때면 제가 말하죠. '비비 요놈, 그건 엄마가 하지 말라고 하셨을걸.' 그때 내 기분이 얼마나 좋은지 사람들은 상상도 못할 거예요."

아프리카에 살던 개가 도시에서 노년을 보내는 유쾌한 방법

사샤Sasha, 13

아프리카 말라위에서 태어난 사샤는 인도주의 단체를 운영하던 팜과 그곳에서 11년을 함께 살았다. 야생 원숭이, 몽구스, 카멜레온을 쫓아다니는 게 일상이었고, 늘대 크기만 한 코뿔새도 쫓아다녔다. 느리게 기어가는 도마뱀붙이의 꼬리로 식사를 했다. 그중 사샤가 가장 좋아한 사냥감은 곤충이었다. 사샤는 모기를 잡으려고 천장으로 뛰어올랐고, 파리를 잡겠다고 가구 사이를 날아다녔다. 유유히 날던 말벌을 잡아먹으려다가 거의 죽을 뻔한 적도 있다. 그때 사샤는 중요한 교훈을 하나 얻었다! 말벌은 목구멍으로 넘기기 전에 꼭꼭 씹어야 한다는 것을!

도시개로 살고 있는 지금, 사샤는 노년기로 접어들었다. 차에 타려면 계단이 필요해졌고, 발걸음도 느려졌고, 성격도 차분해졌다.

도시개 사샤는 아직도 곤충을 먹을까?

"지금은 자기 입을 향해 곧바로 날아 들어오는 놈만 먹어요. 가끔 일어나는 일인데 사샤에게는 그야말로 완전한 기쁨의 순간이죠."

남성형 대머리가 아니라고!

러더Rudder, 11

'배의 방향키'라는 뜻의 이름을 가진 러더는 포르투갈 바닷가에 산다. 프랭크와 줄리아 부부는 러더가 3면이 바다인 이베리아 반도에 살았던 조상들처럼 물에서 뛰어난 활약을 할 거라고 믿어 의심치 않아서 이런 이름을 지어 줬다. 여기서 생기는 궁금증. 바닷가에 사는 개는 다 수영을 좋아하고 잘할까? 러더의 조상이 지중해 너른 바다에서 빼어난 수영 실력으로 어망과 씨름을 했던 것은 확실하다. 하지만 러더는 방향키가 돼 줄 강력한 꼬리를 수영에 이용하지 않는다.

"러더를 처음 해변으로 데리고 갔을 때였어요. 파도가 밀려오길래 뛰어들 줄 알았죠. 그런데 웬걸. 줄행랑을 치던 걸요."

그 후 러더는 이름을 배신하고 바다 말고 땅에서 즐겁고 행복하게 살았다. 그런데 최근 러더의 등쪽 털이 빠지기 시작했다. 가족들은 러더가 대머리인 아빠를 닮아가는 것 같다며 놀렸다. 하긴 러더의 나이가 사람 나이로 환산하면 아빠보다 훨씬 많으니 머리든 등이든 윗부분의 털이 빠질 나이기는 하다며 사람들은 웃었다.

러더의 털이 계속 빠져서 병원을 찾았는데 회복이 불가능한 모낭이형성증 *follicular dysplasia* 이라는 진단을 받았다. 탈모된 부분의 회복이 불가능하다니 속상한 일이지만 미용상의 문제일 뿐 딱히 고통이 따르는 질병이 아니니 됐다. 그리고 무엇보다 질병명이 '남성형 대머리'에 비해… 좀 더 고급스럽지 않은가.

세상에서 제일 사랑스러운 식탐 대마왕

스파키|Sparky, 12

리즈 : 유기견 보호소에서 다섯 살인 스파키를 만났어요. 스파키가 새끼를 낳은 지 얼마 지나지 않았을 때였는데 다리는 짧고 땅딸하고 배는 땅에 끌렸죠. 평생 그렇게 못생긴 개는 처음 봤다니까요. 입양자가 나타나지 않아서 곧 안락사될 처지라고 하더라고요. 그래서 전 바로 차 문을 열고 녀석에게 타라고 했죠.

더그 : 입양을 하고 가장 힘든 건 체중을 줄이는 일이었어요.

리즈 : 처음 봤을 때 알아봤어야 했어요. 저희는 돼지를 입양한 줄 알았다니까요.

더그 : 처음 온 날 스파키는 식탁에 올라가서 순식간에 베이글을 먹어치우고 접시를 반짝반짝하게 설거지했죠. 안 되겠다 싶어서 식단을 엄격히 제한했는데도 녀석의 체중이 계속 불어서 어디가 아픈가 했어요.

리즈 : 무슨 일이 일어나고 있는지 알아내는 데 시간이 좀 걸렸어요.

더그 : 스파키는 매일 새벽 세 시에 저를 깨우고는 마당에 나가겠다고 했어요.

리즈 : 나가면 함흥차사였죠.

더그 : 어느 날 스파키가 옆집으로 가는 걸 보고는 살금살금 따라가 봤어요. 세상에! 현관문에 달린 개 전용 통로를 이용해서 집 안으로 들어가더니 옆집의 개 사료를 몽땅 먹어치우고 있더라고요.

리즈 : 그래도 지금은 잘 관리되고 있어요. 많이 날씬해졌죠. 제 평생 이렇게 사랑스러운 개는 처음 본다니까요.

켈리|Kelly, 16

낡은 자동차가 잦은 고장으로 돈을 잡아먹듯 나이 든 개도 병원비로 돈을 꽤 많이 잡아먹는다. 노견 켈리도 돈을 잡아먹는다. 그런데 그 방법이 좀 남다르다. 켈리는 돈을 삼킨다.

"사람처럼 집게손가락도 없는 녀석이 언젠가 소파 위에 있는 내 지갑을 집어갔더라고요. 그러고는 그 안에 있던 부동산중개 자격증과 20달러짜리 지폐를 죄다 삼켜 버렸어요. 켈리 입에 1달러짜리 지폐가 달랑달랑 매달려 있었어요."

이런 지경이니 종종 켈리의 뱃속은 잡동사니로 가득 찬다. 복부 엑스레이를 통해 수상한 큰 덩어리를 발견했을 때 의사는 최악의 결과가 나올 수도 있으니 마음의 준비를 하라고 했다. 켈리의 뱃속에서는 지퍼백, 나뭇가지, 나뭇잎, 진흙, 고무줄, 사탕 봉지, 셀로판지가 쏟아져 나왔다.

그럼에도 불구하고 켈리는 현재 스프링어스패니얼 종의 평균 수명보다 3년을 더 살고 있다. 조앤도 그게 믿기지 않는다. 그래서 더 켈리와 함께하는 매 순간을 선물처럼 여기며 기쁘게 살고 있다.

"켈리와 저는 잠을 함께 자죠. 매일 아침, 제가 깨서 가장 먼저 하는 일이 켈리의 가슴에 귀를 대고 심장이 뛰는지 확인하는 겁니다."

여전히 아름답고 사랑스럽다

제이크Jake, 16

어린 시절 자신의 모습이 담긴 사진 앞에 엎드린 열여섯의 제이크. 사진 속 조그마한 발이 저렇게 커진 세월만큼 제이크는 멋진 개로 성장했다.

제이크는 아이들에게 인기가 많다. 상냥하고 점잖기 때문이다. 제이크네 집은 할아버지 할머니를 만나러 오는 것을 좋아하는 열두 명의 손주가 있는 대가족이고, 집이 초등학교와 가까운 곳에 위치해 있다. 제이크는 열두 명의 손주든, 지나가는 동네 초등학생이든 만나면 한 명도 빼먹지 않고 아이들의 작고 귀여운 코를 핥아 준다.

제이크는 사진이 뭔지 모른다. 인간처럼 사진을 보며 달콤 쌉싸래한 추억에 잠기지도 않는다. 젊을 때에 비해서 늙더니 추레해졌다느니 하는 말도 듣지 않는다. 개는 늙어도 아름답고 사랑스러우니까. 제이크는 세월이 자비심 없이 자기 곁을 성큼성큼 스쳐 지나가는 것도 애석해하지 않는다.

개는 우리와 다르다.

동물과 이야기하는 여자

SBS 〈TV 동물농장〉에 출연해 화제가 되었던 애니멀 커뮤니케이터 리디아 히비가 20년간 동물들과 나눈 감동의 이야기. 병으로 고통받는 개, 안락사를 원하는 고양이 등과 대화를 통해 문제를 해결한다.

개.똥.승. (세종도서 문학나눔 도서)

어린이집의 교사이면서 백구 세 마리와 사는 스님이 지구에서 다른 생명체와 더불어 좋은 삶을 사는 방법, 모든 생명이 똑같이 소중하다는 진리를 유쾌하게 들려준다.

강아지 천국

반려견과 이별한 이들을 위한 그림책. 들판을 뛰놀다가 맛있는 것을 먹고 잠들 수 있는 곳에서 행복하게 지내다가 천국의 문 앞에서 사람 가족이 오기를 기다리는 무지개다리 너머 반려견의 이야기.

펫로스 반려동물의 죽음 (아마존닷컴 올해의 책)

동물 호스피스 활동가 리타 레이놀즈가 들려주는 반려동물의 죽음과 무지개다리 너머의 이야기. 펫로스(pet loss)란 반려동물을 잃은 반려인의 깊은 슬픔을 말한다.

차라리 개인 게 낫겠어

암에 걸린 암 수술 전문 수의사가 동물 환자들을 통해 배운 질병과 삶의 기쁨에 관한 이야기가 유쾌하고 따뜻하게 펼쳐진다.

버려진 개들의 언덕

인간에 의해 버려져서 동네 언덕에서 살게 된 개들의 이야기. 새끼를 낳아 키우고, 사람들에게 학대를 당하고, 유기견 추격대에 쫓기면서도 치열하게 살아가는 생명들의 2년간의 관찰기.

개, 고양이 사료의 진실

미국에서 스테디셀러를 기록하고 있는 책으로 반려동물 사료에 대한 알려지지 않은 진실을 폭로한다. 2007년도 멜라민 사료 파동 취재까지 포함된 최신판이다.

개가 행복해지는 긍정교육

개의 심리와 행동학을 바탕으로 한 긍정교육법으로 50만 부 이상 판매된 반려인의 필독서. 짖기, 물기, 대소변 가리기, 분리불안 등의 문제를 평화롭게 해결한다.

개 피부병의 모든 것

홀리스틱 수의사인 저자는 상업사료의 열악한 영양과 과도한 약물사용을 피부병 증가의 원인으로 꼽는다. 제대로 된 피부병 예방법과 치료법을 제시한다.

우리 아이가 아파요! 개·고양이 필수 건강 백과

새로운 예방접종 스케줄부터 우리나라 사정에 맞는 나이대별 흔한 질병의 증상·예방·치료·관리법, 나이 든 개, 고양이 돌보기까지 반려동물을 건강하게 키울 수 있는 필수 건강백서.

개·고양이 자연주의 육아백과

세계적인 홀리스틱 수의사 피케른의 개와 고양이를 위한 자연주의 육아백과. 40만 부 이상 팔린 베스트셀러로 반려인, 수의사의 필독서. 최상의 식단, 올바른 생활습관, 암, 신장염, 피부병 등 각종 병에 대한 대처법도 자세히 수록되어 있다.

임신하면 왜 개, 고양이를 버릴까?

임신, 출산으로 반려동물을 버리는 나라는 한국이 유일하다. 세대 간 문화충돌, 무책임한 언론 등 임신, 육아로 반려동물을 버리는 사회현상에 대한 분석과 안전하게 임신, 육아 기간을 보내는 생활법을 소개한다.

사람을 돕는 개 (한국어린이교육문화연구원 으뜸책, 학교도서관저널 추천도서)

안내견, 청각장애인 도우미견 등 장애인을 돕는 도우미견과 인명구조견, 흰개미탐지견, 검역견 등 사람과 함께 맡은 역할을 해내는 특수견을 만나본다.

개에게 인간은 친구일까?

인간에 의해 버려지고 착취당하고 고통받는 우리가 몰랐던 개 이야기. 다양한 방법으로 개를 구조하고 보살피는 사람들의 이야기가 그려진다.

유기동물에 관한 슬픈 보고서

(환경부 선정 우수환경도서, 어린이도서연구회에서 뽑은 어린이·청소년 책, 한국간행물 윤리위원회 좋은 책, 어린이문화진흥회 좋은 어린이책)

동물보호소에서 안락사를 기다리는 유기견, 유기묘의 모습을 사진으로 담았다. 인간에게 버려져 죽임을 당하는 그들의 모습을 통해 인간이 애써 외면하는 불편한 진실을 고발한다.

용산 개 방실이 (어린이도서연구회에서 뽑은 어린이·청소년책, 평화박물관 평화책)

용산에도 반려견을 키우며 일상을 살아가던 이웃이 살고 있었다. 용산 참사로 갑자기 아빠가 떠난 뒤 24일간 음식을 거부하고 스스로 아빠를 따라간 반려견 방실이 이야기.

치료견 치로리 (어린이문화진흥회 좋은 어린이책)

비 오는 날 쓰레기장에 잡종개 치로리. 죽음 직전 구조된 치로리는 치료견이 되어 전신마비 환자를 일으키고, 은둔형 외톨이 소년을 치료하는 등 기적을 일으킨다.

인간과 개, 고양이의 관계심리학

함께 살면 개, 고양이와 반려인은 닮을까? 동물학대는 인간학대로 이어질까? 248가지 심리실험을 통해 알아보는 인간과 동물이 서로에게 미치는 영향에 관한 심리 해설서.

후쿠시마에 남겨진 동물들 (미래창조과학부 선정 우수과학 도서, 환경부 선정 우수환경도서, 환경정의 청소년 환경책)

2011년 3월 11일, 대지진에 이은 원전 폭발로 사람들이 떠난 일본 후쿠시마. 다큐멘터리 사진작가가 담은 '죽음의 땅'에 남겨진 동물들의 슬픈 기록.

고양이 그림일기 (한국출판문화산업진흥원 이달의 읽을 만한 책)

장군이와 흰둥이, 두 고양이와 그림 그리는 한 인간의 일 년 치 그림일기. 종이 다른 개체가 서로의 삶의 방법을 존중하며 사는 잔잔하고 소소한 이야기.

고양이 천국 (어린이도서연구회에서 뽑은 어린이·청소년 책)

고양이와 이별한 이들을 위한 그림책. 실컷 놀고 먹고, 자고 싶은 곳에서 잘 수 있는 곳. 그러다가 함께 살던 가족이 그리울 때면 잠시 다녀가는 고양이 천국의 모습을 그려냈다.

나비가 없는 세상 (어린이도서연구회에서 뽑은 어린이·청소년 책)

고양이 만화가 김은희 작가가 그려내는 한국 최고의 고양이 만화. 신디, 페르캉, 추새. 개성 강한 세 마리 고양이와 만화가의 달콤쌉싸래한 동거 이야기.

후쿠시마의 고양이 (한국어린이교육문화연구원 으뜸책)

2011년 동일본 대지진 이후 5년. 사람이 사라진 후쿠시마에서 살처분 명령이 내려진 동물들을 죽이지 않고 돌보고 있는 사람과 함께 사는 두 고양이의 모습을 담은 평화롭지만 슬픈 사진집.

깃털, 떠난 고양이에게 쓰는 편지

프랑스 작가 클로드 앙스가리가 먼저 떠난 고양이에게 보내는 편지. 한 마리 고양이의 삶과 죽음, 상실과 부재의 고통, 동물의 영혼에 대해서 써 내려간다.

사향고양이의 눈물을 마시다 (한국출판문화산업진흥원 우수출판콘텐츠 제작지원 선정, 환경정의 올해의 환경책)

내가 마신 커피 때문에 인도네시아 사향고양이가 고통받는다고? 나의 선택이 세계 동물에게 미치는 영향, 동물을 죽이는 것이 아니라 살리는 선택에 대해 알아본다.

동물들의 인간 심판 (대한출판문화협회 올해의 청소년 교양 도서, 세종도서 교양 부문 선정, 환경정의 청소년환경책)

동물을 학대하고, 학살하는 범죄를 저지른 인간이 동물 법정에 선다. 고양이, 돼지, 소 등은 인간의 범죄를 증언하고 개는 인간을 변호한다. 이 기묘한 재판의 결과는?

동물은 전쟁에 어떻게 사용되나?

전쟁은 인간만의 고통일까? 고대부터 현대 최첨단 무기까지, 우리가 몰랐던 동물 착취의 역사.

인간과 동물, 유대와 배신의 탄생 (환경부 선정 우수환경 도서)

미국 최대의 동물보호단체 휴메인소사이어티 대표가 쓴 21세기 동물해방의 새로운 지침서. 농장동물, 산업화된 반려동물 산업, 실험동물, 야생동물 복원에 대한 허위 등 현대의 모든 동물학대에 대해 다루고 있다.

동물원 동물은 행복할까? (환경부 선정 우수환경도서, 학교도서관저널 추천도서)

동물원 북극곰은 야생에서 필요한 공간보다 100만 배, 코끼리는 1,000배 작은 공간에 갇혀서 살고 있다. 야생동물보호운동 활동가인 저자가 기록한 동물원에 갇힌 야생동물의 참혹한 삶.

동물 쇼의 웃음 쇼 동물의 눈물 (한국출판문화산업진흥원 청소년 권장도서, 한국출판문화산업진흥원 청소년 북토큰 도서)

동물 서커스와 전시, TV와 영화 속 동물 연기자, 투우, 투견, 경마 등 동물을 이용해서 돈을 버는 오락산업 속 고통받는 동물들의 숨겨진 진실을 밝힌다.

고등학생의 국내 동물원 평가 보고서 (환경부 선정 우수환경도서)

인간이 만든 '도시의 야생동물 서식지' 동물원에서는 무슨 일이 일어나고 있나? 국내 9개 주요 동물원이 종보전, 동물복지 등 현대 동물원의 역할을 제대로 하고 있는지 평가했다.

야생동물병원 24시 (어린이도서연구회에서 뽑은 어린이·청소년 책, 한국출판문화산업진흥원 청소년 북토큰 도서)

로드킬 당한 삶, 밀렵꾼의 총에 맞은 독수리, 건강을 되찾아 자연으로 돌아가는 너구리 등 대한민국 야생동물이 사람과 부대끼며 살아가는 슬프고도 아름다운 이야기.

똥으로 종이를 만드는 코끼리 아저씨 (환경부 선정 우수환경 도서, 한국출판문화산업진흥원 청소년 권장도서, 서울시교육청 어린이도서관 여름방학 권장도서, 한국출판문화산업진흥원 청소년 북토큰 도서)

코끼리 똥으로 만든 재생종이 책. 코끼리 똥으로 종이와 책을 만들면서 사람과 코끼리가 평화롭게 살게 된 이야기를 코끼리 똥 종이에 그려냈다.

채식하는 사자 리틀타이크 (아침독서 추천도서, 교육방송 EBS 〈지식채널e〉 방영)

육식동물인 사자 리틀타이크는 평생 피 냄새와 고기를 거부하고 채식 사자로 살며 개, 고양이, 양 등과 평화롭게 살았다. 종의 본능을 거부한 채식 사자의 9년간의 아름다운 삶의 기록.

햄스터

햄스터를 사랑한 수의사가 쓴 햄스터 행복·건강 교과서. 습성, 건강관리, 건강식단 등 햄스터 돌보기 완벽 가이드.

토끼

토끼를 건강하고 행복하게 오래 키울 수 있도록 돕는 육아 지침서. 습성·식단·행동·감정·놀이·질병 등 모든 것을 담았다.

노견은 영원히 산다

초판 1쇄   2018년 2월 25일
개정판 1쇄 2023년 10월 28일

글쓴이 진 웨인가튼
사진 마이클 윌리엄슨
옮긴이 이보미

펴낸이 김보경
펴낸곳 책공장더불어

편   집 김보경
교   정 김수미

디자인 나디하 스튜디오(khj9490@naver.com)
인   쇄 정원문화인쇄

책공장더불어

주   소 서울시 종로구 혜화동 5-23
대표전화 (02)766-8406
이메일 animalbook@naver.com
홈페이지 http://blog.naver.com/animalbook
출판등록 2004년 8월 26일 제300-2004-143호

ISBN 978-89-97137-78-7 (03840)